눈송이 쥐기

내러티브온 5 소설　　눈송이 쥐기

| - | - | - | - | - | - | - | - | - |

| - | - | - | - | - | - | - | - | - |

김영은　박소민　이지혜　조찬희　주이현

| - | - | - | - | - | - | - | - | - |

| - | - | - | - | - | - | - | - | - |

안온

차례

눈송이 쥐기

김영은

교실 뒷문에 다다르자 둔탁한 소리가 들렸다. 연이가 상체에 힘을 가득 실어 차례차례 점토들을 내리쳤다. 화분, 컵, 병, 연필꽂이 등 덜 마른 점토 공예품들이 꽉 쥔 주먹 아래에 힘없이 뭉개졌다. 이미 한 덩어리로 찌그러졌는데도 계속해서 짓이겼다. 인기척을 느꼈는지 뒤를 돌아봤다. 순간적으로 나와 눈이 마주친 것도 같았다. 연이는 가방을 메고 교실 앞문으로 나가 복도를 성큼성큼 걸어갔다. 복도는 그 어떤 때보다 크게 울렸다.

*

　　"이거 참 난처하네."

교무부장이 한숨 쉬듯 말했다.

"선생님께서 직접 눈으로 보신 것 말고 다른 증거는 별로 없다, 그렇죠?"

교무부장은 테니스 라켓으로 장딴지를 두드렸다. 체육관에서 홀로 테니스를 치는 것이 그의 유일한 낙이었다. 나와 나란히 앉은 담임선생은 작은 과도로 능숙하게 감을 깎았다. 군데군데 썩은 감은 지난 추석 선물로 학부모들에게서 받은 것이었다. 교무부장은 밤톨처럼 반듯하게 깎은 감을 먹으며 내게도 권했다. 감은 미지근하고 축축했다.

"뭐 애들 작품은 주말에 교실에서 공사하다가 망가졌다고 대충 둘러대면 될 것 같고. 어차피 방과 후 수업이라서 학부모들도 관심이 그렇게 크지는 않아요."

교무부장은 해결할 것이 별로 없다는 식으로 말했다.

"메시지로, 응? 그거 뭐야, 톡 그런 걸로 사과 메시지 좀 보내면 괜찮지 않을까?"

교무부장은 내가 아닌 담임선생을 바라보았다.

"잘만 쓰면 되겠죠."

담임선생은 감 껍질을 비닐봉지에 담으며 말했다. 부스럭거리는 소리가 조용한 교무실 안에서 유독 크게 느껴졌다.

"방과 후 수업에서는 이보다 더한 경우도 많지 않으셨어요? 그땐 어떻게 해결하셨어요?"

담임선생은 비닐봉지를 다시 종량제 봉투에 담으며 물었다. 목소리가 은근히 날 서 있었다. 별것도 아닌 일로 제때 퇴근하지 못했다는 불만이 있는 것 같았다.

"아이가 선생님이 없는 시간에 고의로 작품을 망가뜨린 것은 큰 문제라고 봐요. 자신의 행동이 옳지 못하다는 걸 충분히 인지하고 있었어요. 저와 눈도 마주쳤어요. 그런 고의적인 행동에 대해서는 교정이 꼭 필요하다고 봅니다. 게다가 공개 수업이었잖아요."

나는 고의라는 단어에 힘을 주었다. 공개 수업 자료가 추후 계약 기간을 늘릴 수 있을지 없을지, 다른 학교 면접에 어떤 영향을 끼치는지 다들 아시잖아요, 라는 말은 꾹 삼켰다. 교무부장이 자리에서 일어났다.

"우선 학부모님들께 사과 메시지부터 보내고요. 연이 이야기는 그냥 하지 마세요. 여기 계시는 담임선생님께서 학생한테 훈계 좀 하면 될 겁니다. 어차피 애들은 애들이에요."

교무부장은 마지막 남은 감 한 조각을 입에 넣고 우물거렸다. 교무부장이 교무실을 나서자마자 담임선생은 핸드백과 코트를 챙겼다.

"메시지 발송 전에 저한테 먼저 보여주세요."

"연이는 또래들보다 똑똑하잖아요. 자기 엄마가 안 왔다고 다른 아이들 작품에다 화풀이한 거예요, 지금."

나는 담임선생하고라도 대화를 더 나눠야 한다고 생각했다.

"그런 애가 고의적으로 그런 행동을 했다는 것은……."

"선생님."

담임선생은 입술에만 힘을 준 채 미소를 지었다.

"마음은 이해하지만 그러기 시작하면 한도 끝도 없어요. 잘 아시잖아요."

담임선생이 팔을 잡아 이끌었다. 그만 일어나라는 신호였다.

교문 앞에서 담임선생은 누군가로부터 전화를 받았고 통화하면서 제 갈 길을 계속해서 걸어갔다. 그렇기에 별다른 인사 없이 자연스럽게 멀어졌다. 나는 곧바로 택시를 잡아탔다. 그 잠깐 사이에 구두 밑창에 은행이 묻었는지 냄새가 풍겼다. 창문을 열어 숨을 크게 내쉬었다.

연이는 자기소개부터 눈에 띄는 아이였다. 초등학교 4학년이고 만들기를 좋아한다고 또박또박 말했다. 이번 수업은 만들기가 많아서 매우 기대된다고 덧붙였다. 수업 내내 연이는 나에게서 시선을 떼지 않았다. 공책에 낙서만 하거나 하기 싫다고 칭얼거리거나 수업을 마치기 전 미리 가방을 싸놓는 아이들도 있었지만 개의치 않았다. 그런 아이들은 어딜 가나 있었고 그간 나는 적의 없는 무례함에 단련되었다. 수업이 끝나면 연이는 혼자 남아 책상 정리나 분리수거를 도왔다. 자기들이 어질렀는데 선생님이 치우는 모습이 불쌍해서라고 했다. 나는 물수건으로 열심히 책상을 닦는 연이의 머리를 쓸어주었다. 불쌍하다는 단어가 가시처럼 걸렸지만 그 나이대 아이들은 그런 표현을 잘 썼다. 선의라고 생각하는 것 같았다.

나는 연이가 나에게 어떤 관심을 보였는지 떠올렸다. 그러다 문득 떡볶이로 무언가를 착각하게 되지 않았을까 하는 생각이 들었다. 그러니까 우리 사이에 어떤 커다란, 남들이 들여다볼 수 없는 친밀감 같은 것이 쌓였다고 생각했을지도 모르겠다. 그러니 다른 아이들의 작품을 훼손해도 친한 선생님이라면 눈감아주리라는 이상한 착각을 했을 것이다.

매번 수업이 끝나면 완성된 작품들을 일일이 스마트폰 카메라로 찍어 학부모들에게 수업 확인 자료로 전송해야 했다. 선명한 필터를 이용해 최대한 괜찮아 보이게끔 찍었다. 그날도 마찬가지였다. 그렇게 한참을 찍고 있는데 연이가 뒤에서 불쑥 튀어나왔다.

"이거 다 엄마한테 문자로 가는 거예요?"

연이는 손가락으로 작품들을 가리키며 물었다. 나는 스마트폰을 든 어정쩡한 자세로 그렇다고 대답했다.

"답장은 어떻게 와요?"

답장은 대체로 단조로웠다. 읽기만 하거나 확인했다는 간단한 인사치레 정도였다. 그러나 연이가 궁금해하는 것은 달랐다. 정확히 무엇인지 알 수 없었지만 칭찬을 바라는 것도 같았다. 연이 어머님에게서는 한 번도 답장이 오지 않았다. 아예 읽지 않은 적도 많았다.

"잘 보았다고 작품 너무 좋다고 하시지."

내 대답이 별로 마음에 들지 않았는지 연이는 고개만 끄덕였다. 나는 다시 작품 찍기에 집중했다.

"메시지를 안 보내면 어떻게 돼요?"

연이는 내 옆으로 바짝 다가섰다. 교실을 나갈 생각이 없어 보였다.

"음, 안 보낼 리가 없지. 선생님은 부모님들에게 수업 내용과 수업 태도에 대해서 전달할 의무가 있거든."

연이에게 말하다 보니 수업보다 메시지 전송이 더 중요한 업무처럼 느껴졌다. 그것은 업무보다도 임무에 가까웠다. 나는 이전에 보낸 내용과 겹치지 않도록 매번 새로운 내용으로 메시지를 작성했다. 연이는 턱을 괸 채로 작품을 만지작거렸다.

"떡볶이 먹을래?"

그런 말이 나도 모르게 툭 튀어나왔다. 하릴없이 네모난 교실을 돌아다니고 있는 모습이 마음에 걸렸던 것인지도 모르겠다. 근처 분식집에서 떡볶이 5,000원어치를 먹은 후 연이는 나에게 아무에게도 말하지 않겠다고 했다. 사뭇 진지한 말투라서 웃음이 나왔다.

"울 엄마는 이런 거 못 먹게 해요. 생일에나 한번 먹어볼 수 있어요."

나는 가게 안에 붙어 있는 메뉴를 흘끔 보았다.

"혹시 알레르기가 있어?"

내 물음에 연이가 고개를 흔들었다.

"그런 거 없어요. 먹어도 안 죽는데 자꾸 못 먹게 해서 짜증나 죽겠어요."

연이는 혼잣말처럼 중얼거리며 그릇에 남은 어묵 국물을 비웠다. 가게를 나서자 연이는 여기서부터는 혼자 갈 수 있다며 씩씩하게 걸어갔다. 근처에 신축 아파트 단지가 있었다. 커다란 대리석으로 장식된 아파트 이름이 새겨진 게이트로 연이의 작은 어깨가 멀어졌다. 그 후로 연이는 내게 살갑게 대했다. 쉬는 시간에 자기가 먹으려고 아껴놓은 젤리나 사탕을 주거나 아예 교탁 옆에 서서 묻지도 않은 일상에 대해 종알거렸다. 때로 내 머리카락을 매만지고 등이나 허리를 안아오기도 했다. 다른 아이들은 책상에 앉아서 떠들거나 교실을 뛰어다녔다. 그러면서도 나와 연이를 흘끔거렸다. 어쩐지 차별받고 있다는 눈빛이었다. 그 시선은 충분히 불편했고 자꾸만 허리나 다리에 달라붙으려는 연이 때문에 난처했다. 그래서 조금씩, 완강하게 밀어냈다. 이제 자리에 앉아야지. 선생님 지금 바빠. 선생님 머리 만지면 안 돼. 곧 쉬는 시간 끝나. 나는 최대한 부드러운 목소리로 말했다. 그럴 때마다 연이는 군소리 없이 자리로 돌아갔다. 어떤 때는 가방 안에 있는 과자를 발견하고는 달라고 하기도 했다. 아기처럼 배고프다고 칭얼거렸다. 아이들도 저마다 소리치면서 과자를 달라고 했다. 과자는 파이 종류로 한 두 개뿐이었다. 과자를 받지 못한 아이들은 당연하다는 듯 투덜거리고 짜증을 냈다. 결국 다음 한지 공예 수업에서 아이들에게 파이 과자를 나눠주었다. 연이는 과자에 손도 대지 않았다. 과자를 다 먹은 아이들이 빈 우유갑이나 상자들을 가방에서 꺼냈다. 가져온 용기에 맞춰 저마다 연필꽂이, 보석함, 서랍장 등을 만들고 싶다고 떠들었다. 연이가 가져온 것은 유리병이었다. 나는 연이에게 유리에 한지를 붙이기 어려우니 다른 것을 챙겨왔느냐고 물어봤다. 연이는 당황해하며 얼굴을 붉혔다. 나는 빈 우유갑을 여러 개 가져온 아이에게 하나만 연이에게 줄 수 있겠느냐고 했다. 그 아이가 우유갑 하나를 내밀었으나 연이는 받지 않았다. 고개를 푹 숙인 채 무어라 중얼거렸다.

"선생님이 아무거나 가져와도 된다고 했잖아요."

아이들의 시선이 나와 연이에게로 꽂혔다. 다른 아이들이 가져온 것은 모두 종이 재질이었다. 분명히 종이 재질로 된 재활용품을 가져오라고 했을 것이고 연이는 아마도 종이 재질이란 말을 이해하지 못했거나 깜빡 잊었을 수도 있었다.

"선생님은 종이 재질로 되어 있는 재활용품이라고 말했는데 연이가 잘못 들은 게 아닐까? 하지만 괜찮아. 여기 빈 우유갑으로 하면 돼."

"아니요."

연이는 내 말이 끝나기도 전에 단호하게 말했다.

"분명히 아무거나 가져오라고 했어요. 만약에 종이 재질인 재활용품이라는 조건이 있었다면 그것도 엄마한테 보내는 메시지에 써주셔야 했어요. 그렇지만 메시지에는 분명 재활용품이라고만 쓰여 있었어요."

흥분했는지 연이의 말 속도가 빨라졌다. 더 이상 언쟁하면 안 되었다. 달래주는 편이 나았다.

"그럼 오늘은 친구가 우유갑을 빌려주었으니까 이걸로 해볼까?"

연이는 우유갑을 만지작거리기만 했다. 그러곤 마지 못해 고개를 끄덕였다. 나는 일부러 크게 박수를 치며 분위기를 환기했다. 아이들은 한지를 용기 크기에 맞춰 자르고 붙이는 작업에 열중했다. 손가락에 풀과 한지가 덕지덕지 묻어도 꽤 즐거워했다. 머뭇거리던 연이도 금방 기운을 차렸다. 나는 돌아다니며 풀질이나 가위질이 서툰 아이들을 도와주었다. 수업이 끝날 무렵 연이가 공책에 꼼꼼하게 준비물을 적었는지 확인했다. 나는 이전에 보낸 메시지를 다시 확인했다. 준비물란에 '종이 재질로 된 재활용품'이라고 작성되어 있었다. 맥 빠진 한숨이 터졌다. 한지 공예 수업 이후로 연이는 나를 살갑게 대하지 않았다.

더딘 속도에 비해 미터기가 빠르게 올라갔다. 겨울방학까지 한 달도 남지 않았다. 계약 연장에 대해서 별다른 이야기가 없었기에 지금부터라도 부지런히 면접 자리를 알아봐야 했다. 방과 후 교사는 도예 전공을 살리면서 취업 준비하는 동안에만 일하겠다는 가벼운 마음으로 시작했다. 그렇게 3년이란 시간이 지나갔고 먹고사는 생업이 되었다. 차창 너머 가로수가 즐비한 거리를 오가는 사람들을 바라보았다. 각자 다르면서도 비슷한 걸음걸이를 가지고 있었다. 나는 크게 호흡하며 주먹을 쥐었다 펴기를 반복했다. 광대뼈 언저리가 욱신거렸다. 택시가 신호에 설 때마다 무릎 위에 올려둔 플라스틱 교구 상자가 요란하게 들썩였다.

＊

담임선생에게서 메시지가 왔다. 전체 메시지는 방과 후 수업에 참석해주셔서 감사합니다, 로 마무리되었는데 거기에 죄송하다는 말을 꼭 넣었으면 좋겠다고 했다. 어려운 일은 아니었다. 교사로서, 어른으로서 어린 학생과 싸울 수는 없었다. 공처럼 튀어 오르기 쉬운 아이들은 서로 부딪치고 할퀴는 일이

다반사였다. 그럼에도 속이 뒤틀렸다. 연이를 붙잡고 도대체 왜 그랬느냐고 추궁하고 싶었다. 하지만 곧 부질없는 짓임을 깨달았다. 그것은 내가 그 남자에게 했던 질문이기도 했다.

"잘 모르겠습니다. 기억이 안 납니다."

도대체 왜 그랬느냐고 했을 때 남자는 머뭇거리며 대답했다. 미안한 기색보다는 당황한 얼굴이었다. 그 옆에 앉아서 종일 훌쩍이고 있던 중년 여자가 대신 대답했다.

"정말 그런 사람이 아니에요. 술을 마셨다고 해도 정말이지 그렇게 사람을, 그것도 모르는 사람을 때릴 이는 아니에요. 요즘 힘들어서 그랬나 봐요. 사업도 안 풀리고 거리에 나앉게 생겼으니까요."

중년 여자가 끝내 울음을 터뜨렸다. 경찰관들은 그녀가 흥분하지 않도록 어깨를 토닥이고 물을 주었다. 그때 나의 표정이 잘 기억나지 않는다. 중년 여자의 퉁퉁 부은 눈두덩이를 멍하게 보면서 나보다 더 부었구나, 라고 생각했다. 정돈되지 않은 머리와 계절에 맞지 않는 얇은 카디건만 걸친 여자의 모습은 누가 피해자인지 알 수 없게 했다. 울음은 좀처럼 그치지 않았다. 나에게 미안해서라기보다 이 지경까지 온 자신의 삶과 남편을 비난하는 것 같았다.

상담 심리 치료사는 힘들겠지만 일상생활을 그대로 유지하라고 했다. 제시간에 약을 챙겨 먹고 잠을 자야 한다며, 갑자기 생활 패턴을 바꾸면 큰 문제가 생길 것이라 조언했다. 문제. 나는 그 단어를 곱씹었다. 큰 문제는 이미 생겼는데 무엇이 더 문제라는 걸까. 뾰족한 말이 튀어나오려는 걸 억지로 참았다. 선글라스를 더욱 단단히 꼈다. 상담 치료 센터 대기실에는 몇몇이 피로한 표정으로 스마트폰 화면을 보고 있었다. 나 또한 그들 옆에 앉아 스마트폰을 들여다봤다. 포털 사이트에는 온갖 사건 사고가 열거되었다. 실종된 아이들이나 성인들, 동네 주민에게 살해당한 사람, 서로를 죽이는 가족들이 줄줄이 펼쳐졌다. 그러니까 내 일은 그리 큰 문제도 아닌 셈이었다. 주변에 도움을 준 사람들도 있었고 경찰도 빠르게 도착했다. 술에 취해 몸도 제대로 가누지 못하던 남자는 쉽게 제압되었다. 눈두덩이를 맞은 것쯤은, 그런 일쯤은 이 도시에서 운이 좋은 사고라 할 수 있었다. 내가 할 수 있는 일은 수면제와 진정제를 먹으며 일상을 회복하기 위해 노력하는 것뿐이었다.

나는 담임선생이 지시한 대로 메시지 내용을 수정했다. 마지막 줄에 죄송합니다, 라는 문장만 추가적으로 복사해서 붙여넣기를 했다. 그리고 연이 어머니에게는 다른 내용의 메시지를 보냈다.

＊

연이를 포함한 아이들의 절반이 결석했다. 점토 작품이 없어진 것에 대해서는 아무런 관심도 없었다. 교실 어디를 공사했냐고 되물을 뿐이었고 그마저도 수업이 시작되자 흥미를 잃었다. 나 또한 스마트폰에 온 신경이 쏠렸다. 연이 어머니에게서는 어떠한 연락도 없었다. 분명히 읽음 표시가 떴는데도 답장은 오지 않았다.

아이들은 간단한 도안을 따라서 자수를 놓았다. 완성된 작품들은 모두 집으로 들고 갔다. 담임선생은 작품을 아이들 편으로 보내 학부모가 직접 확인할 수 있게 방식을 바꾸라고 했다. 매번 사진을 찍어 메시지를 보내라고 한 것은 담임선생의 지시였다. 담임선생은 방식이란 단어에 힘을 주며 나를 질책했다. 이 수업에서 내가 계획하는 것은 사실상 없었다. 예산에 맞춰 수업을 진행해야 했고, 그렇게 되면 만들기 수업의 결과는 초라할 수밖에 없었다. 학부모들에게서 이렇다 저렇다 직접적인 말은 나오지 않았지만 아이들이 말없이 하나둘 방과 후 수업에 빠지는 것으로 확인할 수 있었다.

아이들이 교실을 모두 빠져나간 후 뒷정리를 했다. 교실 바닥에 흩날리는 실과 천 조각들을 빗자루로 쓸었다. 퇴근 후에 연이 어머니에게 메시지를 한 번 더 보내거나 전화를 걸어볼 심산이었다.

"정리는 다 하셨어요?"

담임선생이 교실 안으로 들어오며 물었다. 청소와 정리정돈에 유독 까다로웠다. 시간이 갈수록 리스트가 추가되었다. 바닥을 빗으로 쓴 후에 대걸레로 닦기, 작은 걸레로 책상 위와 의자 닦기, 또 다른 작은 걸레로 창문 틈과 사물함 닦기, 신발장에 탈취제 뿌리기, 쓰레기는 분리해서 버리기 등. 만들기 수업과 무관한 잡무들도 있었다. 그러나 이번에는 답을 듣기 위한 질문이 아니었다. 용건은 따로 있었다.

"오늘 아이들 많이 안 왔죠?"

담임선생이 빈 책상들을 훑었다.

"혹시 연이 어머님께 따로 보내신 메시지가 있나요? 저한테 보내주셨던 단체 메시지 말고요."

말인즉슨, 연이 어머니가 내가 보낸 메시지 내용의 진위 여부에 대해서 담임선생에게 물어봤다는 것이다. 메시지 내용을 알 턱이 없는 담임선생은 당황했고 나와 대화를 나눠보겠다고 했다. 그래서 방과 후 수업이 끝날 때까지 교무실에서 기다리고 있었던 것이다. 담임선생의 찌푸려진 미간은 퇴근 시간이 미뤄진 것과 자신의 허락도 없이 학부모에게 메시지를 보냈다는 것에 신경이 거슬렸다는 노골적인 표시였다.

"네. 사과를 받아야 해서요."

"누구 사과를요?"

담임선생은 마치 아무것도 모르는 사람처럼 굴었다. 그러면서 왜 일을 크게 만드느냐고 이럴수록 난처해진다고 했다. 빠른 시일 내에 학부모에게 다시 연락을 드리고 죄송하다고 하는 편이 나으며 이런 일까지 시시비비를 가릴 수 없다는 얘기를 반복했다. 그래서 나도 같은 말을 반복할 수밖에 없었다.

"연이가 잘못을 했고, 저는 사과를 받아야 해요. 그건 명백한 고의예요. 제가 있는 걸 빤히 알고 있으면서도 주먹으로 점토들을 내리쳤다니까요, 이렇게 주먹으로."

나는 주먹을 쥐고 흔들었다.

"그걸 본 사람은 선생님뿐이잖아요!"

담임선생이 언성을 높였다.

"학생을 교실에 두고 자리를 비운 것도 선생님 책임이에요.

아세요? 이 교실에 일어나는 모든 일은 선생님 책임이라고요."

담임선생은 미간을 찡그리며 한숨을 길게 내쉬었다. 그 책임은 방과 후 교사인 나보다 더 날카롭게, 담임선생인 자신에게로 향하는 화살이기도 했다.

나는 학교를 나서자마자 연이 어머님에게 전화를 걸었다. 신호음만 흘렀다. 두 번 더 걸고서 시간 날 때 전화 부탁한다는 메시지를 남겼다. 사과만 받으면 끝나는 일이었다. 그런데 그 끝이 나지 않아서 문제인 것이다.

학교 주변에는 집이나 학원으로 곧바로 가지 않은 아이들로 왁자지껄했다. 그 틈에서 연이가 보였다. 연이와 아이들은 프랜차이즈 치킨 가게로 향했다. 나도 모르게 발걸음이 그쪽으로 향했다. 연이는 손가락으로 메뉴판을 거침없이 가리켰다. 이윽고 테이블에는 후라이드와 양념치킨이 치즈감자튀김과 함께 한 접시씩 가지런히 놓였다. 연이는 포크 두 개로 닭다리를 뜯어먹었다.

"어? 선생님!"

나를 발견한 아이들이 일제히 소리쳤다. 입가에 기름이 번들거렸다.

"너희들 되게 맛있는 거 먹는구나."

아이들은 연이가 쏘는 거라고 했다. 나는 카운터에서 치킨버거 세트를 포장 주문하고 연이와 가까운 자리에 앉았다.

"연이야. 오늘 방과 후 수업에 왜 안 왔어?"

나는 최대한 부드럽게 말했다.

"만들기가 지루해서요. 저도 이제 5학년인데 유치하기도 하고."

"그래? 선생님은 몰랐네. 연이가 항상 열심히 해줘서."

연이가 빨대로 콜라를 쪽쪽 빨아 마셨다. 아이들은 만들기 말고도 해야 할 일이 많다고 저마다 떠들었다.

"근데 연이 어머님은 많이 바쁘시니? 연락이 잘 안 돼서."

연이가 고개를 끄덕였다.

"엄마들은 안 바빠도 바쁘다고 하던데."

한 아이가 말했다.

"우리가 더 바빠."

다른 아이가 동조했다.

"방과 후 수업도 듣기 싫었는데 엄마가 억지로 신청했어요."

다른 아이는 피클을 먹으며 말했다. 아이들은 모두 자기도 그렇다면서 조잘댔다. 주문한 치킨버거 포장이 나왔다는 알림이 떴다.

"연이야."

나는 마음이 급해졌다. 아르바이트생은 큰 목소리로 주문하신 햄버거 포장이 나왔다며 번호표를 불렀다.

"왜요?"

연이가 닭다리 하나를 더 포크로 찍으며 물었다. 천진한 말투였다. 한 아이가 왜 혼자 닭다리를 두 개나 먹느냐고 했다. 연이는 내가 사는 거니까, 하고 가볍지만 꽤 강경한 어조로 말했다.

"선생님이 할 말이 있어서."

아르바이트생은 포장된 치킨버거를 놔두고 다른 음식을 준비했다. 주문 벨과 조리실 타이머 소리가 시끄럽게 울렸다.

"뭔데요?"

연이가 나를 똑바로 바라보았다. 속삭이며 말하는 나와 다르게 정제되지 않은 목소리였다. 아르바이트생이 더 큰 목소리로 번호표를 불렀다.

"선생님 것 아니에요?"

한 아이가 카운터 쪽을 바라보며 말했다. 여기저기서 나를 부르는 소리가 귓가에 뒤죽박죽 섞였다. 그날, 경찰차의 사이렌처럼 고막을 찔렀다.

"우리는 살면서 미안하다는 말을 진심을 다해서 해야만 할 때가 있어. 그런데 그 말을 하지 않으면, 때를 놓치면, 상대방에게 더 큰 상처를 주는 거야. 상대방이 괴로우면 왜 괴로운지, 왜 아픈지 생각해야 하는 거야. 깨달아야 한다는 거지. 깨닫지 않으면 발전하지 못해. 그걸 계속 되풀이하는 거야. 잘못했으면 잘못했다, 미안하면 미안하다, 말해야 한다고. 알겠니? 그 말만 하면 돼. 미안하다는 그 말만, 그 말만 하면 돼."

아이들 모두가 나와 연이를 바라보았다. 연이는 들고 있던 포크를 접시 위에 가지런히 내려놓았다.

"엄마한테 전화해도 돼요?"

＊

나는 천천히 러닝머신 위를 걸었다. 이어폰에서 클래식 명반 100곡이 자동 재생되어 흘러나오고 있었다. 천천히 걷다가 점점 빠르게 뛰고 다시 천천히 걷는 것으로 마무리되는 운동을 반복했다. 걸음이 꼬이지 않게 두 발과 호흡에 집중했다. 그러면서 러닝머신 주변에 붙은 여행지 사진들을 바라보았다. 그곳엔 푸르고 거대한 호수와 침엽수로 빽빽한 숲, 부드럽고 촉촉한 흙길만이 있었다. 그러다 보면 이제는 산책로나 사람이 많은 길거리를 걸을 수 있겠다는 생각이 들었다. 어깨가 부딪치지 않게, 눈이 마주치지 않게 조심하면서 말이다. 그러나 잠을 잘 때면 한 번도 보지 못한 이가 꿈에 등장했다. 남자인지 여자인지도 알 수 없었다. 덩치가 기괴할 정도로 큰 괴물이 나를 점토처럼 구기고 찢고 뭉치기를 반복했다. 다리가 있어야할 곳에 팔이, 팔이 있어야 할 곳에 머리가 있다가 다시 한 덩어리가 되었다. 꿈에서 깨고 나면 온몸을 더듬었다. 팔이 있나, 다리가 있나, 머리가 있나 확인했다. 그러다 보면 순식간에 차갑고 축축한 휘발성 액체가 되어 침대 위에서 흘러내리는 것 같은, 현실과 영원히 멀어진 것만 같은 느낌이 들었다.

학교에 소문이 돌았다. 방과 후 교사가 학교도 아닌 외부 공간에서, 그것도 아이들이 다 보는 앞에서 한 학생의 인권을 모독했다는 것이다. 집으로 돌아간 아이들이 저마다 다른 말로 떠들었을 것이다. 소문 속에서 해당 학생의 신변 보호는 철저했지만 방과 후 교사의 이름과 나이, 사는 곳과 전에 일했던 학교 이름은 상세히 나열됐다. 심지어 그날은 해당 학생의 생일 파티 중이었다. 어린아이들에게 생일 파티가 자존감 형성에 얼마나 중요한지를 누구보다 잘 아는 교사가 그런 행동을 한 것 자체가 고의적이라고 했다. 아이를 쉽게 용서하지 않는 어른의 태도가 같은 어른들의 분노를 샀다. 교무부장은 계약 해지 통보로 사건을 마무리 지었다. 계약해지 사항에 대해 그는 그렇게 됐습니다, 라고 했다. 담임선생은 컴퓨터의 모니터 화면만 바라보고 있었고 다른 이들도 각자의 일에 전념했다. 교무부장은 소파에 앉아 커피만 마셨다. 화난 사람처럼 커피를 꼭꼭 씹어 삼켰다. 나는 사과 한 번 받겠다고 했다가 직장을 잃게 되었다. 당연하게도, 그 누구도 나에게 사과하지 않았다.

나는 10분씩 걷는 시간을 늘려갔다. 사람들은 저마다 다른 속도로 걸어갔다. 누군가가 뒤에서 불쑥 끼어들기도 하고 아슬아슬하게 어깨가 부딪칠 뻔하기도 했다. 스마트폰을 보거나 노래를 듣거나 또는 옆 사람과 떠들며 걷기도 했다. 다리를 저는 노인도, 마구 뜀박질하는 아이들도 있었다. 제각기 다른 발걸음 속에서 나만의 속도로 움직였다. 발이 꼬이지 않도록, 이어폰에서 흘러나오는 클래식 음악에 집중했다. 그러다 보니 어느새 횡단보도 네 개를 건너고 버스로 세 정거장이나 되는 거리를 지나와 있었다. 서서히 기우는 겨울 햇빛이 스테인리스 유리에 반사된 빛처럼 사방을 붉게 물들였다.

가게들은 성탄절 맞이에 바빴다. 창문이나 천장, 벽에 '메리 크리스마스'와 '해피 뉴 이어' 스티커가 붙어 있었다. 글자들은 지나가는 시간에 대한 아쉬움보다 다가오는 미래에 대한 기대감으로 일렁거리는 것만 같았다. 주홍색 알전구 불빛들은 모든 어둠을 감싸안는 것처럼 오가는 사람들의 어깨를 비추었다.

초저녁부터 포장마차는 북새통을 이루었다. 저마다 테이블을 둘러싸고 어깨를 좁혀서 앉은 채로 대화에 열을 올리고 있었다. 얼굴이 벌게지고 목소리가 커지고 소주병을 소리 나게 내려놓고 잔을 부딪쳤다. 포장마차는 세상과 동떨어진 허름한 막사 같았다. 사람들은 패잔병처럼 한 해 동안 펼쳤던 전쟁의 후일담을 나누는 듯했다.

나는 어묵탕과 소주를 주문했다. 주인은 군말 없이 물기가 빠진 오이와 어묵 국물을 잔과 함께 내밀었다. 어묵탕은 후추 맛이 강했다. 나는 지나가는 사람들과 눈이 마주칠 때마다 소주를 한 잔씩 마셨다. 그 남자가 앉아 있던 이 자리에서 얼마나 술에 취해야 지나가는 사람을 때리고 싶어지는지 알고 싶었다. 사람들은 대부분 목도리에 얼굴을 파묻고 있었다. 천막 때문에 눈이 마주치는 일은 드물었다. 포장마차 안에서나 밖에서나 사람들은 연말연시에 혼자서 술을 마시는 이에게 별다른 관심을 보이지 않았다.

씨발. 등 뒤로 어떤 남자가 욕지거리를 내뱉었다. 단정한 양복과 다르게 몸은 이미 흐트러져 있었다. 나는 최대한 남자에게서 떨어졌다. 개새끼가 말이야. 또 다른 목소리가 불쑥 튀어나왔다. 사람들은 온갖 이야기를 거침없이 하고 있었는데 욕지거리만 귀에 박혔다.

그날 나에게 그 남자는 하나의 풍경에 불과했다. 풍경 중에서도 볼품없는 먼지 덩어리 정도였다. 그런 먼지 덩어리가 갑자기 풍경을 찢고 나와서 모든 것을 때려 부수기 시작했다. 나는 그 남자를 조금이라도 이해해보고 싶었다. 도의적이거나 윤리적인 차원에서가 아니었다. 그렇게라도 하지 않으면 그날 그 상황 이후 어그러진 나의 일상을 보상받지 못할 것 같기 때문이었다. 그러니 나라도 이해시켜달라고 하고 싶다. 세상 사람들 다 몰라도 나만큼은, 얼굴을 얻어터진 나만큼은 알아야겠다. 그러나 아무리 술을 마셔도 내 주먹은 꼼짝도 하지 않았다. 나는 주먹을 쥐었다 다시 펼쳤다. 계산하고 바깥으로 나섰다.

건너편 횡단보도는 사람들로 가득했다. 신호등에 초록 불이 켜지자 사람들이 빠르게 스쳐 지나갔다. 나는 처음 수영을 배우는 사람처럼 양손을 휘적거리면서 걸었다. 이곳은 발이 닿지 않는 깊은 바다다. 멈추면 안 된다. 어떻게든 움직여야 한다. 숨을 깊게 들이마셨다. 찬 공기가 폐부에 가득 찼다. 온몸이 차갑게 식었다. 줄곧 목덜미를 휘감고 있던 뜨거운 열이 순식간에 바닥으로 떨어졌다. 힘껏 물장구를 치는 기분으로 발을 놀렸다. 한 발씩 나아가던 걸음은 주차차단기 앞에서 비로소 멈추었다.

그곳은 연이네 아파트였다. 아파트 입구는 거리보다 더 환했다. 나무들은 색색의 전구를 치렁치렁 휘감았고 대리석으로 제작한 아파트 이름은 하얀 LED 조명으로 더욱 선명하게 빛났다. 승용차들이 주차차단기 앞에서 멈추고 통과하기를 반복했다. 나가는 것보다 들어오는 수가 더 많았다. 나는 그 옆을 서성였다. 아파트 입구에는 CCTV가 네 대나 있었다. 한 치의 사각지대도 허용하지 않는다는 듯, CCTV의 빨간 불은 엄숙하기까지 했다. 경비실은 내부가 잘 보이지 않았다. 검고 불투명한 유리관 같았다. 경비가 나를 바라보고 있는지 아닌지는 알 수 없었다. 다만 최대한 수상해 보이지 않도록 스마트폰을 보는 척하거나 음악을 들었다. 그럴수록 더 어색해서 나중엔 그냥 가만히 서 있었다. 높이 솟은 아파트를 바라보았다. 그중 어딘가에 있을 연이를 만나고 싶었다. 그때 그 말은 결코 나쁜 뜻이 아니었다고 말해주고 싶었다. 엄마나 담임선생이 무슨 말을 했든 그건 내 뜻이 아니었다고, 연이 네가 진심으로 사과하는 법을 배우길 바라는 마음에 한 말이었다고 솔직하게 털어놓고 싶었다. 그리고 사과하고 싶었다. 혹시라도 정말 나로 인해 상처받은 것이라면, 어른인 내가 먼저 손을 내미는 것이 옳았다.

"어떤 용건으로 오셨어요?"

경비원이 내 쪽으로 다가오며 물었다. 나는 아는 사람이 있어서 왔다고 했다. 그는 무전기를 쥐고 방문 약속을 하지 않았으면 들어가기 어렵다고 설명을 덧붙였다.

"몇 호인지는 아세요?"

경비원의 무전기에서 뭉개진 목소리가 몇 초 간격을 두고 끊임없이 흘러나왔다. 바람이 매섭게 불었다. 머리카락이 사정없이 날렸다. 경비원이 무전기에 대고 뭐라 말했는데 귀에 잘 들어오지 않았다. CCTV와 경비원과 아파트 주민들의 시선이 나에게로 향하는 듯했다. 눈을 질끈 감았다가 떴다. 어지러웠다.

연이의 얼굴이 어떻게 생겼는지 떠오르지 않았다. 초등학생 여자아이라는 정도 빼곤 기억나는 것이 없었다. 언제부터

움켜쥐고 있었는지 모를 주먹을 내려다보았다. 그날 거리에서 갑작스럽게 날아온 주먹의 감각이 되살아났다. 눈가가 참을 수 없이 아팠다. 얼굴 뼈 전체가 부서져내리는 듯했다. 필사적으로 몸을 웅크렸다. 경비원이 내게 다가왔다. 괜찮냐고 묻는 말이 이명처럼 들렸다.

괜찮지 않아요. 아무것도 괜찮아지지 않아요.

내가 무슨 말을 하고 있는지조차 알 수 없었다. 흐느낌 같은 말이 입에서 흘러나왔다. 나는 아무에게나 주먹을 휘두르고 싶었다. 내가 아픈 만큼 똑같이 되돌려주고 싶었다.

그러나 누구에게?

끝내 대답할 수 없는, 어디로 향하는지 알 수 없는 분노가 사라지지 않았다. 그것은 언제까지나 내 안에 남을 것이었다. 꽉 쥐고 있었던 주먹을 펼쳤다. 손바닥에 눈송이가 떨어졌다. 조금씩 녹으면서 쌓였고 쌓이면서 녹았다. 이윽고 얇고 가볍게 떨어지던 눈송이들이 거센 빗줄기로 바뀌었다. 소리 없이 내리던 눈은 제각기 다른 빗소리가 되었지만 그 소리에 귀를 기울이는 이는 없었다.

만한에서

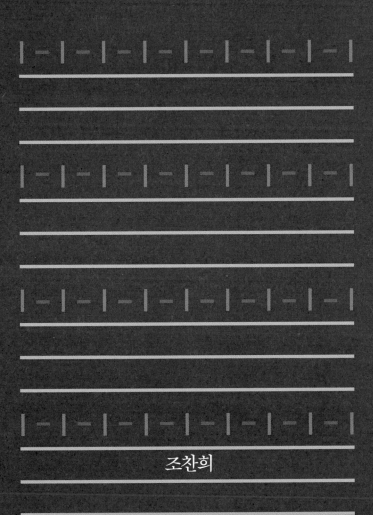

조찬희

예스니아를 두 번째 만난 날 아침, 선윤은 메사추세츠 만한시 공공도서관의 벽에 걸린 사진을 보고 있었다. 다운타운 전경이 내려다보이는 구도의 흑백사진은 벽을 가득 채울 정도로 거대했다. 선윤은 지금 당장 문밖으로 나가면 직접 볼 수 있는 거리를 사진을 통해 유심히 들여다봤다. 마을에서 가장 큰 건물인 도서관과 시청이 양쪽 끝을 차지했고, 두 건물 사이를 단층짜리 상가 건물들이 채우고 있었다. 다운타운 한가운데를 관통하는 왕복 2차선 메인 스트리트에는 지나다니는 차가 없었고, 드문드문 좁은 골목길이 잔가지처럼 뻗어 있었다. 인구 1만 명이 채 되지 않는 만한시에서 사람의 흔적이 닿는 곳은 사진의 3분의 1도 되지 않았다. 커다란 사진 대부분을 나무와 산이 채웠다. 사진을 찍은 시기는 1890년. 130년이 지났는데도 지금의 다운타운과 놀랍도록 비슷했다.

　만한이라는 지명은 원주민의 언어로 '섬'을 의미한다. 사진 설명에 따르면 지금으로부터 약 500년 전, 유럽에서 온 백인이 이곳에 정착하면서 원주민이 쓰던 지명을 그대로 사용했다고 한다. 섬이라니, 참 절묘한 이름이라고 선윤은 생각했다. 나무와 산으로 둘러싸인 마을 전체가 섬처럼 보이기도 했다. 선윤은 원주민의 삶과 만한의 어원에 대해 더 알고 싶었지만, 그에 관한 내용을 찾을 수 없었다. 자료에는 '원래 살았던 사람들'을 잊지 않기 위해서, 그들의 땅이었다는 것에 경의를 표하기 위해서 '만한'이란 지명을 그대로 사용했다고 쓰여 있을 뿐이었다. 감사해서 눈물이 나겠군. 선윤의 한쪽 입꼬리가 미세하게 씰룩였다. 이 마을에 남은 원주민은 단 한 명도 없고 어디로 갔는지 누구도 알지 못할 것이다.

　계단 쪽에서 어린아이가 칭얼대는 소리가 들렸다. 젊은 여자가 이제 막 걸음마를 시작한 아이의 손을 잡고 선윤 쪽으로 걸어왔다. 선윤은 순간적으로 미간을 찡그리며 시선을 피했다. 잠시 후 조용해진 것 같아 다시 고개를 돌렸더니 아이가 선윤을 신기한 듯 빤히 쳐다보고 있었다. 만한은 백인이 인구의 95퍼센트를 차지하는 소도시다. 선윤은 5년 전 남편과 함께 이곳으로 이주했다. 처음 장을 보러 간 날, 그녀를 신기하게 쳐다보던 백인 노인과 아이들의 눈빛. 아시아인을 신기해하는 사람이 아직 존재한다는 놀라움은 곧 무심해졌지만 그 눈빛은 선윤의 머릿속을 지그시 어지럽혔고 해를 거듭할수록 선윤의 마음에 선명한 자국을 남겼다.

여전히 시선을 거두지 않는 아이의 눈을 피하지 않고 함께 노려보았다. 사진을 보던 엄마가 뒤늦게 선윤을 힐끔 보더니 민망한 듯 아이의 얼굴을 자기 쪽으로 돌렸다. 저 사람도 알고 있다. 아이가 왜 선윤에게서 눈을 떼지 못하는지를. 마음속 자국이 조금 더 깊이 패는 듯하더니 이내 두려움의 물결이 일렁였다. 숨이 깊게 내쉬어지지 않았고 목구멍이 턱 막히더니 배 속이 울렁거리기 시작했다. 공복인데도 기름진 음식이 위장에서 멋대로 꿀렁대는 것처럼 불쾌했다. 선윤은 도망치듯 계단을 뛰어 내려와 지하 커뮤니티 룸으로 향했다.

커뮤니티 룸은 생각보다 작았다. 창문 없는 방에 4인용 원형 테이블이 세 개나 놓여 답답했다. 선윤은 구석에 있는 테이블에 자리를 잡고 앉아서 들고 있던 텀블러 뚜껑을 열었다. 따뜻한 커피를 한 모금 머금자 울렁거림이 서서히 가셨다. 선윤은 그제야 깊은숨을 내쉬며 눈을 감고 벽에 몸을 기댔다.

선윤은 연말에 서울로 이주를 앞두고 있었다. 만한의 일본계 회사에서 일하던 남편이 서울의 한 스타트업에 새로 자리를 잡게 된 것이다. 영구 귀국이 확정되고 나니 결정할 게 한둘이 아니었다. 워낙 비싼 서울 집값에 속을 끓였지만 양가 부모 덕분에 겨우 거처가 정해지자 지후의 어린이집 등록까지 순식간에 이루어졌다. 굵직한 일이 해결되자 비로소 만한을 떠난다는 사실을 실감했다. 그토록 원하던 귀국이었지만 선윤의 마음은 홀가분해지기보다 조급해졌다. 이제 영어는 원어민 수준이겠네? 얼른 와서 우리 애 영어 좀 가르쳐줘. 친구들의 실없는 농담을 들으면서부터였을까? 선윤은 넉넉하지 않은 재정 상황과 건강 문제로 꼬박 5년 내내 아이와 집에만 있었다. 평가하기 좋아하는 가족과 친구들은 선윤이 어떻게 지냈는가보다 선윤의 영어 실력과 피부 상태를 더 궁금해할 것이다. 정훈은 떠나기로 한 연말까지 조금 쉬라고 했지만, 선윤은 도서관에서 하는 무료 영어 수업을 듣겠다고 했다. 아이를 맡길 데가 없어서 하지 못한 공부가 지금에야 아쉬웠다. 정훈의 눈빛이 이제 와서? 라고 말하는 듯했지만 선윤은 뜻을 굽히지 않았다. 정훈은 잠시 생각하더니 영어 수업이 있는 날 오전에만 아이를 봐주겠다고 했다.

선윤이 머금고 있던 커피를 꿀꺽 삼켰을 때, 교실 문이 열리면서 누군가가 들어왔다. 출입문을 가득 채울 정도로 체격이 큰 히스패닉계 여자였다. 여자는 가쁜 숨을 내쉬며 선윤 쪽으로 다가왔다. 여자의 머리가 천장에 닿을 듯 아슬아슬했다. 안녕, 나는 예스니아라고 해. 그녀의 목소리와 함께 후끈한 숨결이 끼쳐서 선윤은 자기도 모르게 몸을 살짝 뒤로 뺐다. 나는 선윤이야. 안녕, 선윤. 예스니아가 선윤의 옆 테이블 자리에 앉으며 인사했다. 한국어 이름을 자연스럽게 발음하는 예스니아의 산뜻한 목소리에 선윤은 긴장이 조금 누그러졌다. 반갑다고 대답하며 예스니아를 마주한 순간, 선윤은 지난여름 공원에서 그녀를 본 적 있다는 사실을 떠올렸다.

그날 공원에서의 일이 되살아나 선윤은 옆에 앉은 예스니아를 다시 한번 봤다. 무슨 말을 해야 할지 단어를 고르고 있는데, 중년의 백인 여성이 커뮤니티 룸으로 들어왔다. 여성은 자신을 레베카라고 소개하며 선윤과 예스니아에게 자기소개를 하게 했다.

예스니아는 10년 전 엘살바도르에서 이곳으로 이주했고, 지금은 만한시 다운타운에 있는 카페와 마트에서 파트타임으로 일한다고 했다. 사는 곳은 세인트존스로, 만한에서 차로

30분 정도 떨어진 히스패닉계 이민자들이 많이 사는 도시였다. 선윤은 그곳 사람들이 만한으로 일하러 다닌다는 것을 들은 적 있었다. 이어서 선윤이 자신을 소개했다. 자기보다는 남편에 관해 소개할 것이 많았다. 남편의 회사 이름을 말하자, 레베카의 눈이 살짝 커졌다가 작아졌다.

"이 수업은 발표와 토론 수업입니다."

레베카는 다음 주부터 매주 한 명씩 돌아가면서 발표하게 될 거라고 말했다. 둘 중 한 명이 발표하면 나머지 한 명이 그에 대한 질문을 해야 했다. '내가 좋아하는 인물.' 레베카가 화이트보드에 다음 주 주제를 썼다. 여러분 모국에 역사적으로 유명하거나 존경스러운 인물이 있죠? 그중 한 명을 정해서 발표를 준비해 오세요. 나머지 한 명은 발표를 듣고 궁금한 것을 물어보면 됩니다. 선윤은 이런 종류의 주제를 좋아하지 않았다. 주제 정도는 스스로 정하게 해주면 안 될까. 선윤도 그 정도는 말할 수 있었다. 하지만, 늘 그렇듯 그들은 이방인에게 울타리 밖 이야기를 기대했다.

선윤은 수업을 마치고 도서관을 나와 다운타운 끝자락에 있는 자신의 아파트 쪽으로 걸어 내려갔다. 황량한 거리에는 노숙자와 공짜 와이파이를 쓰려고 배회하는 행인뿐이었다.

전염병이 퍼지기 전까지만 해도 이 정도는 아니었는데 셧다운 이후 버티지 못한 상점이 줄줄이 문을 닫으면서 거리는 활기를 잃었다.

평소였으면 서둘러 그 살풍경을 벗어났겠지만, 오늘은 잠시 공원 벤치에 걸터앉았다. 지난 6월 예스니아를 처음 본 곳이었다. 미국 대법원이 여성의 자기 결정권을 박탈했다는 뉴스가 보도되면서 분노한 만한의 여성들이 공원으로 쏟아져 나왔다. 50년 전 대법원이 보장한 여성의 임신 중지권을 지금의 대법원이 번복하면서 판례는 폐기되었다. 이를 빌미로 보수 정당이 집권한 주에서 발 빠르게 임신중지를 불법에 부칠 준비에 돌입했다. 선윤은 온라인 뉴스를 번역기를 활용해 살펴보았다. 한국에서는 몇 해 전 헌법불합치 판결을 받은 사안이기에 놀라지 않을 수 없었다.

SNS에서 우연히 집회 소식을 알게 되었고 선윤은 호기심에 공원을 찾았다. 50년 전 엄청난 투쟁 끝에 겨우 차지한 권리를 잃었다는 사실에 사람들은 좌절하고 슬픔에 빠진 듯해 보였다. 피켓을 든 사람이 공원을 에워쌌고 몇몇 사람들이 작은 무대로 올라와 연설을 시작했다. 중년 여자가 이번 판결로 인해 어떤 주에서는 폭행에 의한 임신이라고 해도 피해자는 어떤 선택권도 가질 수 없을 거라고 외치자, 집회 참가자들이 한껏 목소리를 높였다.

무대 위에 있는 사람 모두 초록색 스카프를 목에 두르고 있는 걸 보니 무슨 단체 소속인 것 같았다. 공원 끝자락에 서서 지켜보던 선윤의 눈길을 끈 건 무대 위 백인 여성들 사이에 서 있던 거구의 히스패닉계 여성이었다. 입고 있던 반소매 티셔츠는 체격보다 작아서 셔츠에 프린트된 프리다 칼로의 얼굴이 가로로 죽 늘어나 있었고 눈가에 달린 인조 속눈썹은 멀리서도 숱이 보일 만큼 풍성했다. 푸석하고 화장기 없는 백인 여성 사이에서 여러모로 튈 수밖에 없는 그 여성은 화려한 매무새와 달리 고개를 숙인 채 눈물을 훔치고 있었다.

"이 친구의 언니는 지금 감옥에 있습니다."

가운데 여자가 예스니아를 가리키며 소리치자, 예스니아에게 관중의 이목이 쏠렸다. 예스니아는 여자의 말에 추임새라도 넣듯이 양쪽 눈의 눈물을 연달아 훔쳤고 그녀 옆의 다른 백인 여자가 예스니아의 등을 토닥였다. 가운데 여자의 말에 따르면 예스니아의 언니는 엘살바도르의 감옥에 10년째 수감되어 있었다. 보수 기독교 국가인 엘살바도르는 낙태를 엄중한 죄로 다스리는데 폭행에 의한 임신은 물론이고 유산한 여성에게까지 낙태 혐의를 뒤집어씌웠다. 예스니아의 언니는 임신인 줄도 모르고 배가 아파서 병원에 갔다가 유산을 진단 받고 그 자리에서 체포되었다. 병원 측에서 경찰에 신고한 모양이었다.

"그녀의 언니는 아파서 병원에 갔을 뿐인데 10년째 돌아오지 못하고 있습니다."

가운데 여자가 마치 연극을 하듯 감정을 실어 말하기 시작했다. 이 일이 여성들에게 얼마만큼 심각하고 부당한 폭력으로 번질 수 있는지 경고할 때는 더없이 비장했고, 자기 결정권을 보장하지 않는 국가에서 벌어질 최악의 시나리오가 절대 허구가 아님을 주장할 때는 무척이나 결연해 보였다. 선윤은 자연스럽게 예스니아의 안색을 살폈다. 자신의 불행한 사생활, 제 가족의 고통이 다른 사람의 입으로 불특정 다수에게 울려 퍼지는 걸 듣는 기분이 어떨지 짐작할 수 없었다. 하지만 무대에 선 예스니아는 감정의 동요 없이 조용히 눈물을 훔치고 있었다. 손이 얼굴에 닿을 때마다 무지개색 손톱이 햇빛에 반짝거렸다. 그날 이후 공원을 지날 때면 선윤은 그 색색의 손톱을 떠올렸다. 그랬기에 커뮤니티 룸에서 환하게 웃는 예스니아를 봤을 때 선윤은 놀라지 않을 수 없었다.

집에 도착한 선윤은 외투도 벗지 않고 냄비에 물부터 올렸다. 정훈은 현관문 열리는 소리에 곧장 안방으로 들어가 외출 준비를 했다. 지후는 거실에서 유튜브 영상을 보고 있었다. 정훈이 가방을 둘러매고 거실로 나오다가 팬트리에서 매운 볶음면 한 봉지를 들고나오는 선윤과 마주쳤다.

"아침도 안 먹지 않았어?"

선윤은 대꾸하지 않고 봉지를 뜯었다.

"나중에 또 아프다고 하지 마."

정훈의 말이 허공으로 흩어졌다. 이제 나가봐. 선윤은 엉뚱한 대답을 했다. 정훈이 선윤을 곁눈으로 잠깐 보더니 한마디 보태려다가 말고 집을 나섰다.

선윤은 지후를 낳기 전까지 술을 마셨다. 지역 브루어리의 맥주를 조금씩 홀짝이다가 와인을 마셨고 술값을 감당하지 못해 점점 독하고 저렴한 술을 찾았다. 저녁 무렵이면 늘 취해 있었고 종종 낮에도 술 냄새가 났다. 하지만 왜 술을 마시게 됐는지 잘 기억나지 않았다. 저녁에 혼자 있는 시간이 많아졌고 딱히 나갈 곳이 없었다는 게 핑계라면 핑계였다. 저녁에 갈 곳이 있었던—야근이 많았다— 정훈은 선윤이 알코올성 쇼크로 응급실에 실려 가고 나서야 선윤의 상태를 알았다. 이후 정훈은 선윤의 음주를 말리려고 했지만, 몇 번인가 더 병원 신세를 지고 알코올의존증 진단을 받고 나서도 선윤은 술을 끊지 못했다.

금주의 기회는 예기치 못한 때에 찾아왔다. 지후가 생긴 것이다. 선윤은 다시 임신할 수 있을 거라고 기대하지 않았다. 그런데 아이가 생겼고 이번엔 무사히 태어났다. 덕분에 술을 끊을 수 있었지만, 모유 수유를 3개월 정도 했을 무렵부터 수유를 중단하고 매운 음식을 먹기 시작했다.

선윤은 아일랜드 식탁 앞에 선 채로 매운 면발을 삼켰다. 뜨거운 덩어리가 식도를 타고 내려가는 게 느껴졌다. 그것이 궤양을 정확히 짚었을 때 선윤은 강하게 눈살을 찌푸렸다. 이제 좀 살 것 같았다. 나중에 아프다고 하지 마. 정훈의 말이 함께 삼켜지지 못하고 입안에 맴돌았다. 세 번째로 응급실에 실려 간 날, 정훈은 선윤에게 책임을 운운했다. 네 몸을 돌보지 않으면 나도 도와줄 수 없어. 이제부터는 온전히 네 책임이야. 정훈의 엄포가 선윤은 우스웠다. 몸을 돌본다는 게 뭘까. 선윤은 창밖을 멍하니 응시하면서 면발을 오래 씹었다. 아무리 생각해도 알 수 없었다.

첫 발표는 예스니아가 맡았다. 표정에 장난기를 머금은 예스니아가 앞으로 걸어 나와 준비한 슬라이드를 화이트보드에 띄웠다. 굵은 연두색 테두리 안에 검은색 폰트로 'Micheal Johnson'이란 이름이 큼지막하게 쓰여 있었다.

"오늘 저는 마이클 존슨에 대해 발표할게요. 그는 정말 굉장한 사람이에요."

예스니아가 '굉장한'에 힘을 주어 말했다. 갑자기 튀어나온 백인 남자의 이름에 선윤은 어리둥절했지만, 슬라이드가 넘어간 순간 실소를 터뜨려서 실제로 푸 하는 소리가 새어 나왔다.

마이클 존슨은 선윤에게도 익숙한 '허벌라이프'라는 건강기능식품 회사의 CEO였다. 고등학생 때 엄마가 억지로 먹이던 곡물 셰이크가 선윤의 뇌리에 스쳤다. 이 회사가 아직 존재한다는 것이 신기할 정도로 까맣게 잊고 있었다. 레베카 눈가의 주름이 살짝 날카로워졌지만, 예스니아는 아랑곳하지 않고 준비해 온 내용을 읽어 내려갔다. 회사의 연혁으로 시작한 발표는 CEO의 업적과 제품 소개로 이어졌다.

"이 회사 셰이크를 마시고 살이 2파운드나 빠졌잖아요. 살빠지는 음식이라니, 너무 신기하지 않나요?"

선윤은 순간 그녀의 말이 진심인지 장난인지 혼란스러웠다. 시종일관 반짝이는 예스니아의 눈빛은 진심 같았다. 예스니아가 달뜬 목소리로 제품을 하나하나 설명할수록 레베카의 표정이 일그러졌다. 그녀의 얼굴에 못 해 먹겠다는 듯한 표정이 스칠 때, 선윤은 알 수 없는 통쾌함을 느꼈다. 발표를 마친 예스니아가 옆에 둔 가방에 손을 넣고 무언가를 꺼내려는 듯 휘적이기 시작했다.

"여기서 영업하면 안 돼요."

레베카가 근엄한 표정으로 말했다.

"어머, 그런 거 아니에요."

예스니아는 아랑곳하지 않고 가방에서 티백을 몇 개 꺼내더니 레베카와 선윤에게 하나씩 나누어 주었다. 말문이 막힌 채 티백을 뒤집어보는 레베카의 표정을 보고 선윤은 웃음이 터질까 봐 재빨리 티백을 코에 가져다 댔다. 티백에서 은은한 히비스커스 향이 났다.

수업이 끝난 뒤 선윤은 예스니아와 함께 도서관을 나섰다. 예스니아가 플라스틱 텀블러에 든 셰이크를 꺼내 흔들었다.

"어릴 때 매일 아침 억지로 먹고는 했는데."

선윤이 말하자 예스니아가 눈을 동그랗게 뜨며 말했다.

"억지로?"

"엄마 때문에. 그때는 정말 먹기 싫더라고."

선윤은 대학 입시 스트레스로 걷잡을 수 없이 체중이 불어나자, 엄마가 내린 특단의 조치였단 말은 하지 않았다.

"너희 엄마는 어디 계셔?"

"엘살바도르."

선윤은 예스니아의 언니가 혼자가 아니라서 다행이라고 생각했다.

"엄마 음식 먹고 싶지 않아?"

"글쎄. 잘 기억이 안 나."

예스니아가 이곳에 온 건 열다섯 살 때였다. 예스니아는 엄마가 해준 음식이 잘 기억나지 않는다고 했다. 그곳에서 음식은 그저 배를 채우기 위한 수단 같은 거였다고도 했다.

"여기 와서 음식의 맛을 알아버렸어."

예스니아는 세인트존스에 정착한 이후 이웃들과 가깝게 지냈다. 지역 직업훈련소를 통해 일을 시작했고 일을 시작한 첫 달부터 가족들에게 생활비를 보냈다. 더 많은 돈을 보내려면 적은 돈으로 배불리 먹을 수 있는 음식을 택해야 했다.

"하지만 이제 나도 건강해질 거야."

예스니아는 우연히 세인트존스 공공도서관에 갔다가 도서관에서 매주 개최하는 식습관 개선 프로그램을 듣게 되었다. 그곳에서 처음으로 영양소와 균형 잡힌 식단에 대해 배웠다. 수업이 끝난 뒤 강연자가 허벌라이프 제품의 샘플을 나누어 주었고, 곡물 셰이크를 마셔보니 고소하고 달콤한 맛이 마음에 들었다.

"좀더 사고 싶다고 했더니 옆자리에 있던 콜롬비아계 이웃 할머니가 싸게 사는 법을 알려줬어."

지난주 만한 도서관에서는 말레이시아계 미국인 시인의 북토크가 열렸다. 선윤은 정훈과 아이 책을 빌리러 도서관에 갔다가 1층 로비에서 북토크 현장을 우연히 보았다. 스무 명 남짓한 인원이었지만 모두 책을 읽고 온 것 같았다. 그 자리에 있는 사람 저마다 시를 읽고 느낀 점을 이야기했다. 이민자, 인생의 고단함, 외로움, 다양성 같은 단어가 오갔다. 그 자리에 있던 사람들 얼굴에 은근한 뿌듯함이 드리워져 있었다. 이런 소도시에서 아시아계 이민자 시인의 북토크라니, 세상이 조금씩 바뀌고 있기는 한가 봐. 정훈이 속삭였다. 그때 동의하지 못한 이유를 선윤은 이제 알 것 같았다. 세인트존스에서 만한은 차로 30분이 채 걸리지 않는 거리였지만, 이곳 사람들이 세인트존스에 갈 일은 별로 없었다.

두 사람은 공원 벤치에 앉아 서늘한 바람을 느끼며 한동안 말없이 앉아 있었다. 선윤은 공원을 둘러보았다. 유색인종은 선윤과 예스니아가 전부였다. 어디를 가든 인종 비율부터 헤아리기 시작한 게 언제였더라. 예스니아의 입가에 미소가 번져 있었다.

"그래도 오늘은 두 사람이네."

예스니아가 못 들었는지 고개를 살짝 갸웃했지만, 무슨 말을 했냐고 되묻진 않았다.

예스니아의 발표는 선윤에게 신선한 자극을 줬다. 이민자를 대상화하는 사람들에 대한 유쾌한 한 방처럼 느껴졌다. 이민자에게 '어디서 왔냐?'는 질문밖에 하지 못하는 아둔한 사람들에게 우리도 너희와 같은 공간에서 '살고 있다'는 걸 보여주려는 세련된 의도로까지 느껴졌다. 왜 그 생각을 못 했을까. 선윤의 입에서 실웃음이 비어져 나왔다. 그것이 예스니아의 의도였는지 아닌지 알 수 없었지만, 선윤은 예스니아의 발표를 떠올릴 때마다 자신도 발상의 전환으로 레베카를 한 방 먹이고 싶다는 열망에 사로잡혔다.

하지만 정훈이 갑자기 출장을 가버리고 지후와 함께 이사 준비를 시작하다 보니 어느새 발표일이 코앞이었다. 피곤한 눈으로 산란한 개수대를 바라보니 온몸의 힘이 빠졌다. 선윤은 매운 볶음면을 끓였다. 며칠째 같은 라면이었다. 선윤은 지후에게 냉동 치킨 너겟을 데워주고 라면 한 젓가락을 입에 머금은 채 노트북 자판을 쳐내려갔다. 매운 볶음면의 정의, 매운 볶음면의 유래, 매운 볶음면의 개발자, 전 세계적 인기와 그 비결……. 선윤은 얼마 전 한국 텔레비전 프로그램에 출연한 개발자의 이야기와 나무위키에서 본 내용을 짜깁기해 슬라이드 네다섯 장의 발표문을 완성했다. 애초의 바람과 전혀 다른 내용에 선윤은 자괴감이 들었다. 하지만 깊이 생각하지 않는 편이 정신 건강에 좋을 것이었다.

선윤의 마음과 다르게 예스니아는 선윤의 발표를 좋아했다. 선윤이 말한 매운 볶음면이 뭔지 정확히 알고 있었다.

"내가 자주 가는 마트에 박스째 쌓여 있어."

예스니아가 두 팔을 과장되게 벌리며 말했다.

"나도 알아요, 이 라면. 내 아들이 유튜브 영상 보는 걸 봤어요."

레베카가 무덤덤하게 말했다.

"맞아요. 매운맛 챌린지라는 게 유행이거든요."

선윤이 말하자 레베카는 그 역시 알고 있다는 듯 고개를 한 번 끄덕였다.

"그런데 ……한국 사람들은 이렇게 매운 걸 매일 먹나요?"

커뮤니티 룸 안에 잠깐의 정적이 찾아왔다.

"…… 음, 매일 먹지는 않아요. 한국 사람에게도 이 라면은 매운 편에 속해요."

선윤은 자신의 대답이 아무런 값어치 없는 라면 봉지처럼 휙 버려지는 것 같다고 느껴졌다. 그건 레베카가 선윤의 말에 아무런 대꾸도 하지 않았기 때문이다. 레베카는 생각에 잠기더니 이윽고 말했다.

"우린 매운 음식을 잘 먹지 않아요. 즐기지 않는다고 할까요."

레베카의 목소리는 낮고 차분했지만, 투명한 경멸이 깃들어 있었다. 선윤은 화가 치밀었다. 당신이 말하는 우리가 누군가요? 지금 하신 말씀에서 저는 이민자를 대상화한다는 느낌을 받았어요. 그건 명백한 인종차별입니다. 머릿속으로 떠오른 생각에 얼굴이 새빨갛게 달아올랐지만 선윤은 이대로 뭔가 말하기 시작하면 감정이 격앙될 것 같아 말을 꺼내기가 무

서웠다. 말을 꺼낸다 한들 서툰 영어로 자기 생각을 제대로 전
달할 자신이 없었다. 선윤은 그 짧은 순간에 자신이 레베카의
말을 되받아칠 때 일어날 수 있는 역효과를 헤아렸다. 그건 그
것대로 진저리가 났다. 선윤이 말없이 슬라이드 프로젝터에
서 노트북 연결을 해제하자, 레베카도 별다른 코멘트 없이 앞
으로 걸어 나와 수업을 마무리했다. 예스니아가 자리로 돌아
오는 선윤의 팔을 지긋이 잡았다 뗐다.

　수업을 마친 선윤이 예스니아와 함께 도서관을 나섰다. 길
건너편에서 먼지바람이 불더니 마른 낙엽들이 힘없이 따라
나부꼈다. 그 모습이 선윤의 망가진 기분에 찬물을 끼얹는 듯
했다. 선윤은 빨리 한국으로 돌아가고 싶다는 생각에 사로잡
혔다. 두 달 남짓 남은 귀국일이 지난 5년보다 길게 느껴졌다.
차가운 바람이 피부를 스치자, 기분 나쁜 닭살이 돋았다.

　선윤은 첫아이를 임신한 지 4개월 만에 잃었다. 정기검진
을 갔다가 배 속 아이의 숨이 멈춰 있다는 사실을 알았다. 영
어 통역사가 쉬운 단어를 고른답시고 '죽다'라는 단어를 꺼냈
는데, 선윤은 이상하게도 아무런 감정이 들지 않았다.

　"그럼 수술해야겠네요?"

선윤이 말하자, 의사가 심각한 표정으로 통역사에게 말했다.

"아니요. 저절로 나올 겁니다."

의사가, 아니 통역사가 주어 없는 문장을 내뱉었다. 의사가 말한 주어는 'it'이었고 선윤이 생각한 주어는 '아기'였다. 심장이 뛰지 않는 아기가 어떻게 저절로 나올 수 있나요. 도무지 이해가 가지 않았다. 정훈이 초록 창에 검색한 내용을 재빨리 스크롤해 한 번 더 수술을 부탁했다.

"우리는 수술을 권하지 않아요."

의사가 눈알을 살짝 굴리며 얕은 숨을 내쉬었다.

그때도 선윤은 우리가 누구인지 묻고 싶었다. 인간의 몸에 대한 진단과 판단을 하는 당신들은 누구인지, 어째서 나라에 따라 결정이 달라지는 건지, 선윤은 납득이 가지 않았다. 의사의 말에 선윤이 부들부들 떨자, 정훈은 이내 고개를 끄덕이며 선윤의 어깨를 토닥였다.

"설마 의사가 일부러 안 해주겠어? 의사를 믿어보자."

정훈이 너그러운 말투로 선윤을 달랬다. 정훈이 타인처럼 느껴졌다. 좋은 게 좋은 거라는 태도는 어쩌면 이곳에서 매우 중요한 생존 스킬일지 몰랐다.

"너는 네가 누구라고 생각해?"

정훈은 선윤이 무슨 말을 하는지 이해하지 못했지만 되묻지 않고 그들을 향해 어색한 웃음을 지어 보였다. 그날 이후 선윤은 이 일에 관해 그 누구에게도 언급하지 않았다. 그저 비장하고 비참한 마음으로 시간이 지나길 기다렸다. 한 달쯤 지나 선윤은 의사가 한 말이 무슨 의미였는지 깨달았다. 선윤은 패드를 넘어 트레이닝 팬츠까지 적신 피를 한참 내려다보았다. 이번 달은 생리양이 많네, 하고 넘기면 넘길 수도 있을 것 같았다. 그 피와 함께 선윤의 한 부분이 허무하게 흘러 내버려졌다.

예스니아와 선윤 두 사람은 별다른 대화 없이 다운타운을 내려갔다.

"귀국 준비는 잘돼가?"

"응. 이제 짐을 싸야 할 것 같아."

선윤은 떠날 준비를 하려면 바빠질 거라고, 앞으로 영어 수업엔 나오지 못할 것 같다고 말했다. 선윤의 건조한 말투에서 영어 수업에 대한 마음이 떠났다는 게 느껴졌지만 예스니아는 별다른 대답 없이 고개를 끄덕였다. 예스니아의 미소, 늘

짓고 있는 사람 좋아 보이는 그 미소가 선윤을 슬프게 했다.

"일하는 곳은 어때?"

예스니아는 다운타운 끝자락에 있는 카페 주방에서 샌드위치와 간단한 식사를 만들었다. 예전에 한번 가본 적 있는 곳이었다. 가장 싼 커피를 사 시간을 때우는 사람들이 많았고, 바퀴 달린 장바구니 안에 뭐가 들었는지 알 수 없는 비닐봉지를 가득 채워 끌고 다니는 부랑자가 들어와도 아무도 제지하지 않는 곳이었다.

"마음이 편해."

예스니아는 일이 편하다고 하지 않고 마음이 편하다고 했다.

"주인이 저기 저 단체 멤버거든,"

예스니아가 길 건너에 있는 건물 2층을 가리켰다, 집회에서 예스니아가 두르고 있던 초록색 스카프와 같은 디자인의 깃발이 창문에 붙어 있었다.

"저 단체에서 언니가 이곳에 오는 걸 돕고 있어."

예스니아는 언니가 모국에서 힘든 일을 겪고 있다고 덧붙였다.

"지역신문에 난 기사를 본 적 있어."

"그래? 나도 단체의 멤버야"

예스니아는 단체의 일원으로 엘살바도르 현지 활동가들과의 연락을 돕거나 이 지역에 사는 히스패닉계 여성 이민자들과 소통하는 역할을 맡고 있다고 했다. 그녀의 목소리에서 자부심이 묻어났다.

"운이 좋으면 이번 크리스마스를 언니와 함께 보낼 수 있을 거야."

선윤은 앞을 보고 걸었지만, 예스니아의 눈이 반짝이고 있으리란 걸 알았다. 희망은 사람을 빛나게 한다. 선윤은 그 사실을 너무 오래 잊고 있었다. 예스니아의 따스한 기운이 선윤에게 쏟아져 내리는 듯했다.

정훈이 돌아온 날 새벽, 심한 위경련으로 응급실에 다녀온 뒤로 선윤은 집 밖에 거의 나가지 않았다. 생필품은 정훈이 사오거나 배달을 시켰다. 본격적인 짐 정리를 시작하면서 필요 없는 물건은 중고 사이트에 내놓고 물건이 팔리면 되도록 비대면으로 물건을 전달했다. 거실 한구석에 이삿짐 박스가 늘어갔고 잡동사니가 아무렇게나 어질러져 있었다. 지후는 그런 집이 재미있는지 집 안을 온종일 뛰어다녔다. 그러는 사이 어느 정도 몸을 추스리고 나자 12월의 절반이 지나 있었다. 그

동안 예스니아에게 문자 메시지가 몇 통 왔지만 답장하지 않았다. 어차피 한국으로 돌아가면 다시 볼 일 없을 터였다. 그런데도 예스니아에게 연락을 해봐야겠다고 생각한 건 한국의 가족들에게 줄 크리스마스 선물을 고르면서였다.

— 예스니아, 잘 지냈니? 오늘 한국에 가져갈 크리스마스 선물을 고르다가 너의 언니가 떠올랐어. 언니는 어떻게 됐니?

예스니아에게 답장이 오기까지 며칠 동안 선윤은 다운타운에 나갈 때마다 거리를 둘러보았다. 공원이나 그 단체의 사무실 주변에 늘 무료 소식지가 놓여 있었다. 그 소식지를 보면 최근 소식을 알 수 있을지 몰랐다. 하지만 소식지를 담아두던 박스는 비어 있었다. 대신 단체가 입주한 건물 1층 서점 쇼윈도에 단체장이 쓴 자서전이 진열되어 있었다. 예스니아에게 답장이 온 건 귀국을 하루 앞둔 저녁이었다.

—선윤, 언제 떠나니? 우리 만날 수 있을까?
—그래, 만나자. 나는 내일 이곳을 떠나.

깔끔하게 하나로 넘겨 묶은 긴 머리에 초록색 스카프를 두른 예스니아가 작은 종이봉투를 들고 선윤의 아파트 주차장으로 걸어 들어왔다. 전보다 살짝 작아진 체구에 단정한 모습이었다. 선윤을 향해 팔을 흔들며 활짝 웃는 예스니아를 보니 선윤의 어두운 마음이 녹아내렸다.

"우리 걸을까?"

두 사람은 다운타운을 향했다. 며칠 전까지만 해도 낙엽이 뒹굴던 거리는 크리스마스 조명 장식을 두른 가로수 덕에 아름답게 반짝였다. 마치 옛 친구를 오랜만에 만난 것처럼 예스니아는 그동안의 일을 쉴 새 없이 털어놓았다. 선윤은 한껏 상기된 그녀의 목소리를 흥미진진하게 들었다.

예스니아의 가족을 돕는 단체장의 자서전 출간과 맞물려 제법 큰 시사 프로그램에서 엘살바도르 감옥에 수감된 여성 인권에 관해 다루었다. 지난여름 폐기된 법안으로 인해 세간의 주목을 받을 수 있었고 이 단체는 기세를 몰아 여성 낙태법 보장을 촉구하는 성명서를 올리고 연방 대법원 앞에서 엘살바도르 여성 인권 보장을 위한 집회를 열기도 했다. 예스니아가 유튜브에서 집회 동영상을 찾아 보여주었다.

"언니는 이번 주말에 출소해."

"어머, 축하해. 정말 축하해."

축하한다는 말을 되뇔수록 선윤의 눈가가 점점 촉촉해졌다.

"고마워, 선윤. 운이 좋았어."

선윤은 예스니아의 목소리에서 기쁨과 함께 그 안에 깃든 고단함을 느꼈다. 그 목소리가 자신의 긴 여정이 끝났고 끝내 언니를 구했다고 말하는 듯했다. 선윤의 얼굴에 미소가 번졌다. 예스니아를 만나고 떠날 수 있어서 다행이었다.

두 사람이 공원에 도착했을 때 잎사귀 없는 나무들 사이로 차가운 바람이 선윤의 얼굴을 스쳤지만 춥지는 않았다. 선윤은 마지막으로 공원 구석구석을 눈에 담았다. 겨울인데도 잔디가 푸르고 풍성했다. 공원 입구에 있는 구세군 악단의 종소리가 규칙적으로 들렸고 두꺼운 외투 차림의 볼이 발그레한 아이가 잔디 위를 뒤뚱거리며 뛰어다녔다.

"지난여름에 여기서 열린 집회에서 너를 봤어."

예스니아는 놀라는 기색 없이 고개를 살짝 끄덕였다.

"나에게 이곳은 섬 같은 곳이었어. 그것도 무인도. 그런데 지금 생각하면 날 혼자 둔 건 나 자신이 아니었나 싶어."

선윤의 목소리가 떨렸다.

"아니야, 선윤. ……사람은 누구나 혼자야."

"너에겐 널 돕는 친구들이 있잖아. 언니도 곧 올 테고."

"맞아. 언니가 와서 너무 기뻐. 하지만, 잘 모르겠어."

예스니아가 잠시 생각하는 듯하더니 이윽고 말했다.

"그 집회에서 나도 비슷한 감정을 느꼈어. …… 혼자라는
느낌."

선윤은 왼쪽 가슴께로 차가운 피가 순식간에 퍼지는 걸 느
꼈고, 이내 어떤 생각이 번뜩 들었다.

"오 그래. 너도 당연히 알았겠지. 모를 리가 없었을 거야.
나는 왜 그 생각을 못 했을까."

예스니아가 별것 아니라는 듯 웃으며 고개를 저었다.

"이곳은 나한테도 섬이야. 언제나, 늘."

선윤은 세인트존스에서 매일 이곳으로 출근하는 예스니
아를 상상했다. 작은 배 위에 앉아 노를 저어 만한으로 들어오
는 예스니아의 큰 몸을. 예스니아의 외로움을.

두 사람은 공원에서 조금 더 이야기를 나눴다. 주로 앞으
로의 일에 관해서였다. 언니와 함께할 예스니아의 미래와 고
향으로 돌아가는 선윤의 미래. 두 가지 모두 아무런 흠결이 없
을 것처럼 곱고 빛이 났다.

헤어질 시간이라는 걸 알리듯 구세군 악단이 크리스마스 캐럴을 연주하기 시작했다. 예스니아는 그 모습을 잠시 지켜보다가 들고 있던 종이봉투를 선윤에게 내밀었다.

"이사하는 날 끼니 챙기기 쉽지 않잖아."

예스니아는 간밤에 직접 만들어봤다고 수줍게 말했다. 만한에서 누군가가 직접 만든 음식을 받은 건 처음이었다. 종이봉투에서 새어 나온 온기가 선윤의 차가운 손을 따뜻하게 감쌌다.

집에 돌아왔을 때 정훈은 마지막 짐을 캐리어에 욱여넣고 있었다. 선윤이 종이봉투에 든 것을 아일랜드 위에 하나씩 꺼내놓기 시작하자 정훈이 다가왔다. 봉투 안에는 수프가 담긴 통 하나와 푸른색 이파리에 말아 익힌 듯 보이는, 마치 연잎밥처럼 생긴 네모난 덩어리 두 개가 포일에 쌓여 있었다. 아직 따뜻했다. 낯선 향이었지만 제법 먹음직스러워 보였다.

정훈이 수프를 뒤적이자 소고기와 바나나, 심까지 잘라 넣은 옥수수 조각이 보였다. 바나나가 들어간 수프는 두 사람 다 처음이었다. 정훈이 먼저 한 입 떠 넣고 오물거리는 모습을 선윤이 바라보았다. 삼키지 못하고 계속 씹는 걸 보니 입에 맞지 않은 듯했다.

"싱거운데. 원래 이런 맛인가?"

정훈이 중얼거렸다. 선윤이 뒤따라 한 스푼 먹어봤지만 정훈의 말대로 간이 심심했다. 우유에 재료를 몽땅 집어넣고 간을 하지 않은 채 푹 끓인 것 같았다.

이어서 선윤이 연잎밥처럼 생긴, 사실은 바나나 잎으로 싸서 찐 음식의 이파리를 펼쳤다. 하얀색 백설기 같은 덩어리가 나왔다. 포크로 덩어리 가운데를 가르자, 장조림처럼 생긴 닭고기 조각이 나왔다. 선윤은 포크로 다시 절반을 갈라 떠먹었다. 백설기처럼 쫀득할 거로 생각했던 하얀 덩어리는 입에 넣자마자 모래처럼 부스러졌고, 닭고기의 맛이 느껴졌다. 그리고 한두 번 더 씹은 순간, 무언가 날카롭고 딱딱한 조각이 선윤의 이에 부딪혔다.

"닭 뼈 같은데."

미간에 주름이 간 선윤이 입에 있던 것을 휴지에 뱉어 확인했다. 정훈이 뭐? 하고 놀랐지만, 선윤도 당황하기는 마찬가지라서 아무 대답 않고 눈만 끔벅거렸다. 하얀색 덩어리를 한 번 더 갈라 안을 들여다봤지만 뼈가 보이지는 않았다. 작아서 먹어봐야 알 수 있을 테지만, 선윤은 더 먹을 엄두가 나지 않았다. 어느새 정훈은 스푼을 내려놓고 짐 정리를 다시 시작했다. 예스니아가 음식에 관한 이야기를 해줬는데 기억이 나지 않았다. 그사이 지후가 자꾸 음식을 만지려고 손을 뻗는 바람에 선윤은 음식 통 뚜껑을 서둘러 닫고 종이봉투에 넣었다. 그러고 마지막 짐을 차에 실었다.

두 사람이 탄 차가 미끄러지듯 아파트를 빠져나갔다. 다운타운에 들어섰을 때 선윤은 예스니아를 처음 본 공원과 도서관 카페를 하나하나 눈에 담았다. 마스크 없이 웃고 떠드는 사람들의 들뜬 표정, 상점마다 걸린 무지개 깃발과 크리스마스 장식이 달린 가로등이 아름답게 빛났다. 예스니아와 앉았던 벤치가 보였고 그곳에 선윤의 시선이 좀더 오래 머물렀다. 예스니아는 자신도 혼자라는 느낌을 받았다고 말했다. 왜 그녀는 아닐 거라고 여겼지. 예스니아는 그들과 함께였고 나는 경계 바깥에 있었기 때문에? 거기까지 생각했을 때 선윤은 수치심에 입술을 오므렸다. 예스니아는 집회 이후 사람들 사이에 많은 말이 오갔다고 했다. 주로 예스니아의 몸이나 인종에 관한 이야기였다. 울타리 안의 문제부터 해결하자고 말하는 사람들, 외모가 난민 같지 않다며 고개를 갸웃거리는 사람들은 나라를 불문하고 어디에나 있었다. 그걸 알면서도 예스니아는 무대에 올랐다.

선윤이 이곳에 있는 동안 대통령의 반이민 정책이 보기 좋게 먹혔고 사람들은 분열했다. 선윤은 줄곧 뉴스로 세상을 들여다보고 있었지만, 그저 보기만 했다. 선윤은 집 안에 있었고 한식을, 혹은 라면을 끓여 먹었다. 왜 그 흔한 멕시코 음식조차 먹어보려고 하지 않았을까. 시간이 좀더 있었다면 달랐을까. 선윤이 그런 생각을 하는 사이에 만한이 선윤에게서 멀어지고 있었다.

공항까지 차로 두 시간을 달려야 했다. 한 시간 정도 지나자, 차 안이 답답한지 지후가 칭얼거리기 시작했다. 두 사람은 할 수 없이 고속도로 간이 휴게소에 차를 세웠다. 휴게소 안에 들어서자 짜고 기름진 싸구려 피자 냄새가 코를 찔렀다. 익숙하고 친근한 냄새에 허기가 올라왔다. 그제야 점심을 제대로 먹지 못했다는 걸 깨달았지만, 선윤은 차 안에 있는 예스니아의 음식을 떠올리며 빈손으로 차로 돌아왔다.

공항은 붐볐다. 선윤과 남편은 이민 가방을 각각 두 개씩 들었고 기내에 가지고 탈 캐리어까지 챙겨야 했다. 게다가 지후가 예기치 못한 방향으로 걸음을 옮기는 통에 정신이 없었지만, 선윤은 어떻게든 종이봉투를 챙겨 들었다.

수하물용 짐을 맡기고 나서 정훈이 한 손에는 기내용 케리어를, 한 손에는 지후의 손을 잡았다. 종이봉투를 고쳐 쥔 선윤은 정훈의 옆에 서서 연신 주위를 두리번거렸다.

"이거 다 먹고 가야 해."

정훈이 노골적으로 얼굴을 찡그렸지만 선윤은 모르는 척했다. 종이봉투에서 더는 온기가 느껴지지 않자, 더욱 조바심이 났다. 하지만 선윤은 알고 있었다. 예스니아의 음식을 끝내다 먹지 못하리라는 것을. 설령 먹는다고 해도 그게 뭔지 모를 거라는 절망감이 선윤의 마음을 더 아프게 했다. 지나친 줄도 모르고 지나친 수많은 것이 그 봉투에 담겨 있는 듯했고, 그건 그렇게 이곳에 남겨질 터였다. 그렇게 만한에서의 시간이 끝났다. 선윤의 눈에 눈물이 차올랐다. 선윤은 종이봉투를 꾹 쥔 채 고집스럽게 출국장을 돌아다녔다. 그 모습을 지켜보던 정훈이 그만하자고 말하며 선윤의 팔을 잡아챘다.

선윤은 멈춰 서서 종이봉투 안을 들여다보았다. 절반도 먹지 못한 음식이 어지럽게 흐트러져 있었다. 한동안 선윤은 그 자세로 서 있다가 입을 꾹 다물고 가방 입구를 돌돌 말아 접었다. 고개를 들어 두리번거리던 선윤이 출국장 바로 옆 쓰레기통으로 갔다. 쓰레기통은 다른 승객들이 먹다 버린 물통과 음료수병으로 반쯤 차 있었다.

선윤은 떨어지는 눈물을 소매로 훔치고 종이봉투를 쓰레기통 옆에 가지런히 내려놓았다. 아이가 와서 선윤의 손을 잡아주었다. 출국장으로 들어가며 선윤은 그 가방이 되도록 오래 그곳에 놓여 있기를 기도했다.

입에서 입으로*

* 처환경 감독의 비디오 아트 〈입에서 입으로〉(1975)를 인용.

박소민

분명 잊고 싶지 않은 대화를 나누었는데 뒤돌아서는 순간 흐릿해진다. 아무 말도 듣지 못한 것 같고 어떤 말도 하지 않은 것 같다. 중앙에 커다란 구멍이 뚫린 듯 내용이 바닥으로 가라앉아버린다. 그런 날들이 1년 가까이 이어졌다. 1년. 가족과 친구들의 인내심이 서서히 바닥나고 있었다. 너는 왜 우리 말을 귀담아듣지 않아? 관심 없으면 그렇다고 말을 해. 처음에는 해명도 해보았고 지금의 증세와 감각을 생생히 전해보려고도 했다. 하지만 그럴수록 외로워져 이내 그만두었다. 혼자 먹은 음식의 맛을 설명해주는 것 같아서, 먹어보기 전까지는 겨우 짐작만 할 수 있을 테니까. 사람들은 내게 되물었다. 그래서 네가 달고 사는 음식이…… 무슨 맛이라고?

오랜만에 걸려 온 대학 선배의 전화를 받고도 그랬다. 네,

선배. 저 시간 많아요. 갈게요. 저를 떠올려줘서 고마워요. 쾌활한 목소리를 쥐어짜 대답하고도 무엇에 대한 대답이었나 한참을 골똘히 궁리했다. 30분쯤 뒤에 근무지와 업무 내용을 간략히 정리한 메시지를 받아 보고서야 가슴을 쓸어내렸다. 의도한 배려는 아니었겠지만 나는 스마트폰에 대고 머리를 조아렸다. 고마워요, 선배.

새벽이었고 호우로 비행기가 연착되었다. 연사의 입국이 늦추어지며 강연 일정도 덩달아 뒤로 밀렸는데 기획사에는 잘된 일이었다. 통역할 사람을 충원할 시간을 벌었고 내가 급히 불려 오게 된 것이었다. 나중에 알게 된 사실이었지만 처음 회사가 뽑고 싶어 했던 사람은 내가 아니었다. 후안, 혹은 후안 같은 사람들이었다. 그러니까 기왕이면 영어도 잘하는 베트남인. 이름도 날짜도 잘못 기입된, 아무래도 급조된 흔적이 군데군데 묻은 계약서를 건네며 직원은 잘 몰랐다고 했다. 베트남 출신은 다 베트남어를 쓰는 줄 알았다고.

신디 리엔Sindy Liên은 유명한 베트남계 프랑스인으로 스탠드업 코미디언이다. 리엔은 진짜 그녀의 성, 신디는 프랑스로 망명한 뒤에 쓰기 시작한 활동명이다. 신디는 한때 프랑스의 시각예술 큐레이터였고, 은퇴한 뒤에 파리에서 살아가는 아시안의 삶을 이야기하는 블랙코미디로 이름을 알렸다. 그녀는 베트남어를 거의 기억하지 못했다. 알아듣는 데 지장은 없었지만, 적확한 단어를 골라내 자유로이 구사할 수는 없는 정도. 십대 시절을 베트남에서 보낸 뒤 국경을 넘었는데도 언어를 잃을 수 있다는 걸 신디를 보며 알게 되었다.

간만에 맡게 된 일이었다. 강연은 종로의 한 소극장에서 열렸다. 100석 규모의 오디토리움으로 객석 뒤편에는 작은 부스가 설치되어 있었다. 암막 커튼으로 가려져 밖에서는 안이 보이지 않았지만, 실시간 녹화 송출되는 화면을 통해 안에서는 무대 밖을 볼 수 있었다. 사방이 가려진 네모난 통 속에서 우리는 신디의 목소리를 동시통역했고, 송수신기를 통해 객석과 무대로 전달했다. 나는 그 일을 잘해내고 싶었다. 신디의 뒤를 쫓아다니며 그녀가 무심히 흘린 정보와 호오를 알아차리려 애쓴 건 그래서였다. 가장 가까운 곳에서, 스마트폰 대신 노트에 쉴 새 없이 메모하며 신디의 귀와 입이 되었다. 그렇게 남긴 기록은 빛을 발했다. 그 나라에서만 먹을 수 있는 것, 비빔밥이나 불고기 같은 뻔한 음식 말고 현지인 친구가 있어야만 먹을 수 있는 음식을 찾아다닌다는 것을 적어놨다가 점심으로 작은 도넛 모양 밀가루 반죽을 조청에 푹 졸인 개성주악이 포함된 케이터링 도시락을 주문해주었다.

신디는 그것들을 끝까지 비웠다. 맛있게 먹으면서 무어라 말했던 것 같은데, 그 대화는 통으로 날아갔다. 지나치리만큼 고마워했다는 것만이 기억난다. 내가 노트를 꺼내 들었을 때 나를 빤히 바라보던 신디의 커다란 두 눈, 얼마간의 응시 끝에 건넨 한마디 때문이었다.

— 밥 먹을 땐 밥만 먹어요. 뭐랄까, 감시당하는 기분이에요. 체하겠어요.

받아 적지 않으면 아무것도 기억하지 못한다는 것을 굳이 밝히지는 않았다. 가장 좋은 통역사는 보이지 않는 사람이에요. 그림자처럼 있는 듯 없는 듯 묵묵하게 입이 되어주다가 사라져야 해요. 학부 시절 통역사 교수님들은 실습 시간마다 주의를 주었고 우린 정답지처럼 그 조언을 흡수했다. 극도로 말을 아끼는 방향으로 단련되어 있었다. 어디서 왔어요, 평소 취미가 뭐예요? 신디가 내게 던진 질문을 그녀에게 도로 되돌려주었던 것은 그래서였다. 신디는요? 그런 대화법이 신디를 위한 일이라 생각했다.

신디는 내가 살면서 본 희극인 중에서도 손에 꼽게 유쾌한 사람이었다. 무대 아래에서도 그랬지만 무대 위에서의 신디는 언어와 문화를 자유자재로 주무르며 관객을 들었다 놓다 했다. 그녀는 스스로를 유라시안이라 소개했다. 반은 유럽, 반은 베트남. 1975년 사이공 해방이 일어나며 프랑스인 아버지는 조국으로 돌아갔고 어머니 혼자 신디를 키웠다. 명색이 군수의 딸이었기에 집에는 값비싼 물건들이 남아 있었고, 덕분에 쪼들리는 가난 속에 살지 않아도 되었다. 어머니는 낮에는 섬유 공장에서 일했고, 으슥한 밤이면 정부의 눈을 피해 보석과 장신구, 프랑스산 브랜디와 담배를 내다 팔았다. 어느 쪽이 유러피언이냐면…… 신디는 코 아랫부분을 두 손으로 가렸다. 눈 주변이 옴폭 팬 서구적인 눈매가 나타났다. 그러고는 손 위치를 옮겨 코와 콧구멍, 입과 턱이 모두 보이도록 했다. 그리고 여긴 아시안. 저는 살아 움직이는 동서양의 혼용사입니다. 신디는 그 말로 공연을 여닫았다. 사방이 유리 벽으로 둘러싸인 통역 부스 안에서도 사람들의 박수 소리가 선명히 들려왔다.

신디의 농담은 대부분 그런 식이었다. 유교적 보수주의와 서구적 자유분방함이 충돌하는 지점에서 웃음이 터져 나왔다. 남자 친구가 야한 사진을 보내오라고 하면? 유럽인 신디는 오, 그래볼까? 하고 능글맞은 미소를 흘리겠죠. 한편 베트남인 신디, 아니 리엔은 소리칩니다. 미쳤어? 그건 너무 불경스럽잖아. 저는 늘 심장에 지킬과 하이드를 품고 삽니다. 그 말과 함께 트렌치코트를 풀어헤치면 가슴 부근에 천사와 악마가 얼굴을 맞댄 그림이 프린팅된 티셔츠가 모습을 드러냈다. 호응이 좋은 날이면 신디는 탄력을 받은 듯 상기된 얼굴로 아까 그 야한 사진을 보내라던 친구 말이에요, 라는 말과 함께 프랑스에서 처음 사귄 아시안 애인에 관한 이야기를 꺼내놓기도 했다. 그 애는 나를 진심으로 좋아한 게 아니었어요. 걔는 늘 우리 사진을 보면서 헬스장에 갔대요. 몸을 키워서 백인 여자애를 만나겠다면서요. 사귀었던 남자 친구의 번호를 모두 지웠지만 그놈은 아직도 고이 저장되어 있어요. 바나나, 라고. 겉은 황인인데 속은 시허예서……. 언어와 손짓과 의상으로, 신디는 두 세계 사이를 미묘히 넘나들었다.

오늘 했던 말은 마음에 간직하고 어디에 올리진 마세요. 저는 그렇게 유명해지고 싶지 않아요. 모든 농담 끝에 그녀는 진심을 다해 당부했다. 과장된 몸짓으로 소등된 객석, 그 어둠에 숨어들어 몰래 공연을 찍던 사람들도 스르르 스마트폰과 카메라를 집어넣게 하는 힘까지. 신디는 정말 무대에서 빛나는 스타였다. 그녀의 당부가 먹혀서인지 인터넷에 신디 리엔의 영상은 돌아다니지 않았다. 오로지 카메라 앞의 신디를 찍은 사진과 그녀가 남긴 정제된 글 몇 편만이 남아 있었다. 나는 게시글 몇 개를 조용히 눌러보았다. 총 300여 개 댓글 중 내가 볼 수 있는 건 반의반도 되지 않았다. 지웠는지, 지워졌는지. 얼마 없는 댓글에서는 신디의 일면만을 볼 수 있었다. 그러니까 내가 아는 신디는 반쪽짜리 신디였다.

그리고 나는 반쪽짜리 입이었다. 다른 반쪽은 후안이었다. 나보다 앞서 고용된 진짜 베트남인. 그리고 신디 리엔에 대해 더 잘 아는 사람. 내가 신디의 프랑스어를 통역하는 동안, 후안은 영어를 담당했다. 신디의 프랑스어가 거침없어지는 순간이면 나는 후안을 곁눈질했다. 베트남전은 전 세계인의 기억 속에서 미국이 주도권을 빼앗긴 사건입니다. 그래서일까요? 베트남인들은 모두 쓰레기 비자를 가졌어요, 20만 원씩이나 더 주고 국가 입장권을 사야 합니다, 와 같은 수위 높은 농담은 내 입을 거름망 삼아 한차례 걸러졌다. 베트남 여권은 초등학생 체크카드 같은 거예요. 카드긴 한데 엄마가 돈을 넣어주어야 하죠. 나의 통제를 벗어난 영역에 온 신경을 쏟고 나면 머리에 피가 쏠렸다.

부스 문을 열고 탁 트인 바깥으로 나오면 꿈을 꾼 듯 내용은 사라지고 찝찝한 기분만이 남았다. 돌아서서 이마의 땀을 닦아내고 있으면 후안은 슬그머니 다가와 옥수수염차를 건넸다. 연우, 말을 너무 많이 해서 그런 거 같아요. 뇌에 산소 공급이 안 돼서. 아무것도 모르는 듯한 후안을 보면 공범이 된 것 같았다.

— 신디는 영어가 편하지 않나 봐요. 후안이 알아들을 수 있다면 좋을 텐데.

막상 뱉어놓고 보면 안 하느니만 못한 말을 건네고야 말았다. 내 마음 편해지자고 하는 그런 말.

— 저야 좋죠. 쉴 수 있으니까요.

— 그게 좋아요?

— 그럼 나쁜가요?

쉬는 건, 좀 허무하지 않나요. 이곳에 오기 전까지의 시간을 되감아보며 내가 말했다. 언제 어디든 갈 수 있을 만큼 한가했던 때였다. 연우야 진통제 동났으니 대신 좀 타 오거라. 연우야 병원에서 하룻밤을 보내게 됐으니 속옷 좀 가져다주렴. 연우야……. 언제든 불러낼 수 있다는 이유로 가족들은 콜 버튼을 손에 쥐고 있는 사람처럼 굴었다.

다시는 한가해지고 싶지 않다. 일을 마치고, 다 같이 호프

집으로 이동하기로 한 어느 저녁, 짐을 챙겨 나오며 생각했다. 마음 가는 곳에 몸이 기울었다. 처음엔 분명히 후안과 나란히 걷고 있었는데 그 뒤로 신디와 바짝 붙었고 어느샌가 마치 그림자처럼 그녀와 보폭을 맞추어 걷기 시작했다. 해가 뉘엿뉘엿 떨어지자 나와 신디 사이의 거리가 전보다 아주 조금 더 가까워졌다고 느꼈다. 모두 모인 자리에서 신디는 나를 소개해주었다. 오늘 여러분들을 웃게 해준 사람이에요. 신디는 탁자 아래로 손을 뻗어 숙취해소제 한 포를 건넸다. 입국할 때 몇 개 사온 것이라고, 독일제가 제일 좋은데 자신은 이 브랜드밖에 먹지 않는다고. 내가 신디에게 정말 특별한 사람이 된 기분이었다.

그날 신디는 나에게 많은 것을 물었다. 예의상 건네는 것이 아닌, 정말 궁금해서 묻는 질문들. 연우는 뭐라고 부르면 돼요? 그냥 연우예요. 외국에 나가 살 때 쓰는 이름 말이에요. 전세계 어디 어디에서 살았어요? 그런 질문들. 나는 한국 바깥을 상상할 수 없었다. 언제 끊기고 또 언제 다시 이어질지 모르는 수입으로는 병원비는커녕 한 달 집값과 공과금만으로도 빠듯했다. 우연히 선택했던 전공어가 한때 제국을 거느렸던 국가의 것이었을 뿐. 신디는 어떤 기대감에 찬 눈으로 나를 바라보앉고 나는 적당히 고개를 끄덕였다. 테이블에 앉은 사람들 모두 자신의 인생사나 시시콜콜한 연애담, 미래 계획을 잘도 늘어놓았다. 솔직해지고 싶지 않아서 친구를 만난 지도 오래되었는데. 나는 다른 사람들을 내내 신기하게 바라보았다. 때마침 잠깐 그쳤던 비가 조금씩 다시 내리기 시작했다. 유리창에 방울방울 고인 빗물이 조금씩 뭉치고 흘러내렸다.

　—어려운 건 없어요?

　나는 고개를 저었다. 진심이었는데, 신디는 그것을 예의상의 사양쯤으로 받아들였다. 몇 번쯤 묻고 말 줄 알았는데 신디는 쉽게 물러서지 않았다. 앞으로 함께하면서 알아두면 좋을 것들을 속 시원히 터놓았으면 한다고. 그런 집요함이 내게는 궁금했던 것을 물을 수 있는 기회처럼 여겨졌다. 두 개의 언어를 쓸 때, 특별한 기준 같은 게 있나요? 입안에서만 돌돌 궁굴리던 질문을 꺼내놓았을 때 신디는 괴었던 턱을 풀고 의자에 몸을 기대었다. 그리고 아주 짧고 무미하게 대답했다. 없어요.

　—왜, 그게 궁금해요?

　신디가 나를 물끄러미 쳐다보았을 때, 사그라들었던 용기가 되살아났다. 아까보다 조금 더 거칠어진 빗줄기가 통창을 향해 들이치기 시작했다. 어수선한 틈을 타서 나는 신디에게 말했다. 매운 농담은 프랑스어로 해주세요. 저만 알아들으니까 어떤 이야기든 마음껏 하실 수 있잖아요. 직원들이 하나둘 테라스 위로 드리운 덮개를 거두고, 탁자와 의자, 입간판과 장식용 식물을 분주히 옮기기 시작했다. 신디는 내 옆으로 의자를 바짝 붙여 앉았다.

— 배려심이 좋네요.

네? 목소리가 민망하게도 갈라져 나왔다. 배려심이 좋다고요. 그런 것도 생각하고. 신디는 아까보다 조금은 더 분명한 발음으로 천천히 말해주었다. 나는 혼자 일하는 게 아니라서 그렇다고, 옆에 동료가 마음 쓰일 뿐이라고 했다. 왜요? 동료가 PC주의자예요? 신디가 되물었다. 아뇨, 후안이 베트남에서 왔거든요. 신디는 이름도, 국적도, 존재도 처음 듣는다는 듯이 아 그런가요, 하며 후안의 이름을 입 모양을 움직여 불러보았다. 어릴 때 살았던 동네에도 후안이 있었던 것 같은데. 그것도 여럿. 무미하게 덧붙였다. 나는 맞장구쳤다. 맞아요, 후안도 옆에서 듣고 있어요. 옆 테이블 빈자리들이 빠르게 채워졌고 나중에는 서로의 말소리를 들을 수 없을 만큼 소란스러워졌다. 우리는 조금 일찍 자리에서 일어나기로 했다. 헤어지기 전, 신디는 그렇게 말했다. 그런데요, 들어선 안 되는 얘기를 하나요 내가?

그날 집에 가는 길은 추웠고 걸음걸음마다 살갗이 따갑다 못해 아려왔다. 이쯤 되면 택시를 탔겠지, 신디 같이 여유로운 사람들은. 하지만 추위에도 곧 무뎌졌다. 다른 곳에 신경이 쏠린 나머지 마취된 듯 통각을 제대로 느끼지 못했던 탓이었다. 걸음걸음 내디딜 때마다 진흙이 신발 밑창에 질펀하게 들러붙었다. 옷깃을 여미고 가로수길을 따라 걸었다. 엉겨붙고 덩어리진 대화와 거리의 소음도 서서히 옅어졌다. 그러자 신디가 마지막으로 건넨 의미심장한 말만이 선명히 남았다. 들어서 안 되는 얘기를 하나요, 내가. 짤막한 한마디가 생각의 꼬리를 물었다. 집에 도착했을 즈음엔 어쩌면 신디가 소리소문없이 통역사를 교체해버릴지도 모르겠다는 과도한 불안감이 몰려왔다. 첫날, 후안이 들려준 이야기가 문득 머리를 스쳤다. 이전에 누군가 신디의 공연 영상을 몰래 찍어 올린 적이 있었어요. 딱 3분 30초쯤 되는 영상이었는데, 올리고 1분이 채 지나기도 전에 지워졌어요. 그리고 영상을 올린 사람도 지워졌어요……. 무섭게, 그런 얘긴 농담이라도 하지 마요, 하며 습관적으로 후안의 말을 받아 적었었는데.

그땐 알지 못했다, 내 일이 될 수도 있다는걸. 신디가 불안정한 사람이니 웬만해선 자극하지 않는 게 좋겠다던 후안의 조언 역시 반쯤은 흘려들었고 곧 까맣게 잊었다. 나는 현관문을 열어젖혔다. 거실 바닥에 널브러진, 누구 것인지 알 수 없는 약봉지를 주우려 허리를 굽히자마자 무언가 톡 터진 것처럼 눈물이 났다. 내가 이것도 치워, 왜? 뜨거운 물을 끼얹고 머리도 채 말리지 않은 채 이불을 뒤집어쓰고 잠으로 도피했다.

신디는 그날 있었던 일에 대해 이야기하지 않았다. 오히려 기분 탓인지는 몰라도 처음 내가 신디 뒤를 졸졸 쫓아다녔던 때보다도 살뜰히 말을 걸어주기까지 했다. 차보다는 물이 목에 좋대요. 벌꿀 농축액으로 만든 사탕과 함께 물을 챙겨주기도 했고, 신디를 보러온 몇몇 주최 측 인사들을 직접 소개해주기도 했다. 제가 좋아하는 사람이에요. 나를 가리키며 그렇게 말했다. 일행 중 한 명이 왜, 어디가 좋아요? 물었을 때 신디는 프랑스식 억양이 묻어나는 영어로 대답했다.

— 나랑 닮은 것 같아서요.

— 어떤 점에서요?

— 해야 할 말은 한다는 점.

그때 어떤 조짐을 알아차렸어야 했을까. 신디는 뒤이어 한마디를 덧대었다. 아시안답지 않게 조용히 입 다물고 있지 않는구나, 나 같구나, 하고 자꾸만 눈길이 가죠. 이런 상황에서는 무어라 말해야 하지. 나는 알지 못했고 다만 입가가 떨려올 정도로 웃으며 그 시간이 흘러가길 기다릴 뿐이었다. 그러고 그날, 무대에서의 신디는 이상할 정도로 모든 이야기를 영어로 했다. 언제 올지 모르는 차례를 기다리며 나는 헤드셋을 푹 눌러썼다. 신디가 입을 열자마자 거의 동시에 후안의 목소리가 그 위에 겹쳤다. 신디의 어린 시절에 관한 이야기였다. 베트남 전쟁 2세대 아이들에 관한, 비교적 잘 알려진 이야기이기도 했다. 베트남이 통일된 후로 남베트남인 아이들은 학교를 그만두고 모두 공장으로 가야 했다. 한 명도 빠짐없이…… 까지가 내가 들은 것의 전부였다. 오지 않을 차례를 기다리다 입을 떼어보지도 못한 채로 90분이 흘러갔다. 기억이 나는 대사가 한마디 있기는 했다. 태생부터 오답인 사람이었던 거죠, 우린. 어떤 이야기 끝에 나온 말이었는지, 그 전사가 무엇이었는지, 이후로는 어떤 일화가 이어졌는지 모든 것이 흐릿했다. 마무리 멘트와 함께 신디는 우아하게 고개를 숙였고 박수를 받았다. 그제야 정신이 들었다. 옷매무새를 다듬을 새도 없이 나는 무대 뒤편으로 뛰어갔다.

　멋있었어요, 오늘도.

　신디를 만나면 그렇게 말할 생각이었다. 저도 신디처럼 용기 있게 살고 싶어요. 그러나 나는 아무 말도 하지 않기로 했다. 용기요? 무슨 용기요? 신디가 되묻기라도 하면 글쎄 무어라 대답해야 할까. 정확히 무엇이 용기였나, 편치 않은 언어로 어려운 이야기를 했다는 것? 어느 하나 제대로 짚어낼 자신이 없었다. 이상할 정도로 달뜬 채로 복도와 대기실을 한참 서성였다. 아무리 기다려도 신디는 나타나지 않았다. 결국 지나가는 경비원을 붙들고 물었다. 혹시 신디를 보셨나요? 신디 리엔이요. 경비원은 한참 전에 행사장을 나갔다고 말했다. 정말, 확실해요? 경비원은 짧고 굵게 끄덕이고는 곧장 뒤돌아섰다. 나는 메시지를 남겼다.

[기다렸는데 엇갈렸나 봅니다. 죄송해요.]

간신히 적어 넣은 두 문장이 전부였다. 한 게 없는 것 같은데도 다리에 힘이 풀렸다. 공복이었는데 배가 조금도 고프지 않았다.

[그래도 뭘 좀 먹어야죠.]

미리 보기로 메시지를 보고 곧장 확인했는데, 후안이 보낸 것이었다. 아니, 바로 옆에 있는데 왜 문자를 해요? 나도 모르게 목소리를 높여 말했다가 곧장 사과했다. 이상한 데로 불똥이 튀어버렸다고, 미안하다고.

[그거 탄수화물 부족이에요.]

후안은 포장도 뜯지도 않은 신디의 도시락과 일회용 젓가락 두 쌍을 챙겨 왔다. 대기실에 있던데요, 새것 그대로. 먹지 않으면 버려질 것이란 걸 알면서도 선뜻 손이 가지 않았다. 뭐해요? 안 먹고. 후안은 비닐을 과감히 뜯었다. 나는 왼쪽, 후안은 오른쪽부터 차근히 먹어들어가기 시작했고 금세 바닥까지 싹싹 긁어 먹었다…… 고 생각했다. 후안은 어느 순간 젓가락을 떼고 나를 물끄러미 바라만 보고 있었다. 배가 부르고 나니 조금 전 통역 부스의 긴장감은 온데간데없었다.

—좀 치사하다 싶었어요.

—신디가요?

네, 후안은 신디 몫의 커피를 한 모금 크게 빨아들였다. 그러면서 오늘 커피를 사서 일찍, 첫차 시간에 맞추어 출근했다는 이야기를 슬며시 풀어놓았다. 당연히 없을 줄 알고 제 것만 샀죠. 근데 신디도 있는 거예요. 내 건 오는 길에 잃어버렸나봐요. 농담하기에 웃어넘겼는데 왠지 그래서 영어로만 한 것같아요. 너 고생 좀 해봐라……. 그게 아닌데. 나는 신디의 진정 치사한 점이 무엇인지 알려주려다 그만두었다. 후안이 말을 터주고 나니 나 역시 어디에 묻기 민망한 질문을 꺼내게 되었다.

　— 그러니까 신디도 초등학교 이후엔 학교를 못 다닌 거죠?

　후안은 의아하다는 듯 고개를 갸웃하다가 내 말을 정정해 주었다.

　— 신디는 다녔어요.

　— 출신지 때문에 교육권이 없다고 하지 않았나요?

　— 있긴 했어요. 단지 체제 교육을 위해서였죠. 순수한 배움의 자유 같은 건 아니고요.

　나는 구멍이 숭숭 뚫린 기억을 메우려 후안에게 이것저것을 물었다. 교육이요? 신디네 학교에서는 매주 '진실의 입' 시간이 주어졌거든요. 체제에 어긋난 일을 저지른 사람을 반드시 고발해야만 그 시간이 끝났어요. 이를테면요? 책을 읽거나, 음악을 듣거나. 표적이 되지 않기 위해서는 입을 닫고 살아야 했대요. 질문을 거듭할수록 내가 제대로 들은 게 거의 없다는 확신이 들었다. 신디의 삶을 배우지 못한 아쉬움보다 통역 내용을 잊었다는 수치심에 사로잡혔다. 정말 혹시나 해서 말인데, 오늘 제 목소리가 잘 안 들렸나요? 후안이 물었을 때 더는 숨길 수 없었다. 귀담아들은 이야기조차 귀에 담기지 않는다는 오랜 비밀을.

— 모든 것을 다 잊나요? 잊으면 큰일나는 사실도요?

후안은 궁금해했다. 망각증이 정말 증상인지, 아님 중요하지 않은 정보를 흘려듣는 게으름일 뿐인지. 그의 눈을 똑바로 바라보고 정확한 대답을 내놓았던 건 그래서였다. 네, 다 잊어요. 중요한 것도요. 제겐 신디가 강연에서 했던 말들도 잊으면 큰일나는 정보예요. 후안은 주머니에서 줄 이어폰을 꺼내 한쪽을 내 귀에 꽂아주었다. 녹음해둔 음성 파일이 흘러나왔다. 입시를 앞두고 신디는 유럽뿐 아니라 베트남에 있는 학교들에도 지원서를 냈다고 했다. 신디는 모든 면접에서 같은 질문을 받았다. 베트남 전쟁 때 너희 (조)부모가 남베트남군이었니, 북베트남군이었니? 신디를 절망스럽게 했던 것은 그들이 원하는 대답을 해줄 수 없어서가 아니었다. 그 질문이 평생을 따라붙을 것이라는 슬픈 예감, 그래서 떠나는 것 외에 다른 선택지가 모두 소거되어 있다는 사실에서 오는 허망함 때문이었다…… 같은 이야기가 짐짓 심각하게 이어졌다. 후안이 거듭 이름을 부르는 것도 잊고 녹음본에 깊이 빠져들었다.

— 필요하시면 파일은 바로 보내줄 수 있어요. 이렇게 열심히 들으실 줄은 몰랐네요.

나는 고개를 끄덕였다. 이번만 부탁해요. 앞으로는 제가 녹음할 테니. 파일 목록에는 첫날부터 지금까지 회차와 주제, 키워드를 빼곡히 적어 넣은 제목이 질서정연하게 정리되어 있었다. 이만큼 꼼꼼한 사람인 줄은 몰랐는데. 좀 봐도 돼요? 후안은 선뜻 파일을 하나하나 눌러볼 수 있게 해주었다. 나 혼자서 모든 것을 도맡아 했던 회차조차 생경한 키워드뿐이었다. 후안은 그런 나를 정말 신기하다는 듯이 쳐다보았다. 진짜였네요. 뭐가요? 안 믿은 건 아닌데요, 설마하니 본인 입에서 나온 말까지 잊는 줄은 몰랐어요. 이 정도면 정말 병……까지 말한 뒤 후안은 저도 모르게 입을 가렸다. 나는 진심으로 괜찮다고 했다. 정말 병이었으니까. 원인을 알 수 없을 뿐 병은 병이었다. 다른 한쪽 이어폰 헤드를 만지작거리던 후안은 근데요, 하고 운을 띄웠다.

　　— 만약 제가 신디였다면요, 오히려 안도했을 거예요.

　　— 안도하다뇨?

　　— 말해봐야 다 잊으니까, 무슨 이야기든 편히 할 수 있을 것 같아서요.

　　위로하려고 하는 말이 아니라고 후안은 재차 강조했다. 그 한마디에 내내 붕 뜬 듯한 기분이 가라앉고 가슴 한구석을 짓누르던 무게감도 경미하게나마 옅어진 것 같았다.

그날 이후로 신디는 계속 도시락을 남겼고 그건 자연히 우리의 몫이 되었다. 역시 하나론 안 되겠죠? 도시락 하나로는 모자란 두 사람이 약속이라도 한 듯 함께 식사하러 다니게 된 건 자연스러운 일이었다. 후안은 서울에서 가장 좋아하는 음식점에 데려가주겠노라 약속했다. 어느 날엔 그 기약만을 기다리며 하루를 견딜 때도 있었다.

신디는 금세 프랑스어로 되돌아왔지만 여전히 영어를 섞어가며 강연을 이어갔다. 프랑스어가 훨씬 편해 보였다. 베트남어 특유의 성조와 절단음도 전혀 느껴지지 않아서 출신지를 말하지 않으면 모를 만큼 자연스러웠다. 몸도 머리도 자라고 난 뒤에 배운 영어는 그만큼 유창하지 않은데도 신디는 꼭 한두 마디라도 덧대려 했다. 영어로 말할 때 신디는 동사를 생략하고 말했다. 망한 첫 연애에 대해 말하면서는 "He insane(그는 제정신이 아냐)"이라고 하며 필수 성분을 빠르게 생략한 채 신랄한 욕을 이어나갔다. 단어가 떠오르지 않으면 첫 줄에 앉은 이들에게 묻거나 비슷한 의미를 지닌 다른 언어를 끌고 와서 말하기도 했다. 끝에는 나, 지금 억양 이상한가요? 하고 객석을 향해 물었다. 사람들은 서로를 힐긋거리며 눈치를 보다가 입 모아 말했다. 노우(No)! 신디는 씩 웃으며 그럴 줄 알았다고, 이상해도 그냥 들으라며 과격히 맞받아쳤다. 한국인들은 다들 영어 잘하잖아요. 저도 여기서 자랐으면 영어 잘했겠죠. 수능 공부하면서. 유럽에 살면 영어를 쓸 일이 없어요. 프랑스인들도 영어 못 하거든요. 저도 영어는 베트남인 전화 영어 선생님께 배웠어요. 그래서 엉망진창이에요.

매사에 조심스러웠던 나와 달리 후안은 막힘없이 통역을 이어나갔다. 뒤처지거나 머뭇거리지 않고, 물 흐르듯 자연스럽게. 영어는 외국에서 오래 산 신디보다도 잘하는 것 같아요. 어떻게 배운 거예요? 내 물음에 후안은 능청스레 대답했다. 저도 베트남 전화 영어요. 정말요? 라고 되물으니, 실은 여러 어학당과 문화원을 전전했다고 말해주었다. 아마 신디가 자신의 나이였을 때는 영어를 배울 만한 곳이 턱없이 부족했을 거라고도 덧붙였다. 한때 베트남에서는 서구 자유 진영의 언어를 배우는 것이 반역이고 이단이었다고. 신디의 발음도 쉽게 얻어진 게 아닐 거라고. 나는 노트를 꺼내 후안의 말을 부지런히 받아 적었다. 후안은 손으로 노트를 가리는 시늉을 했다. 여기서부터는 듣고 잊어주세요. 나 역시 그거야말로 내가 잘하는 일이라며 후안을 안심시켰다.

─ 그래도 예전보단 나아졌어요.

— 그래야죠, 요즘이 어떤 세상인데.

— 대신 저는 신디와 달리 다른 나라 시민권이 없어요.

나는 어차피 어디든 사람 사는 곳은 비슷하다고, 세계 어디서든 말이 통하니까 여행 다니듯이 살면 되지 않느냐고 했다. 돈 많은 백수가 꿈이에요. 그래서 주말에도 여기서 일하잖아요. 후안이 꿈을 이야기하면 나도 슬그머니 위에 올라탔다. 저도요.

신디가 무대 위에서 풀어놓은 이야기가 우리의 화두가 되었다. 다른 베트남인도 신디와 같은지, 아니면 신디가 유별난 건지, 그런 이야기를 주고받는 것만으로도 할 말이 끝없이 생겼다. 나중엔 우리가 원래 말이 잘 통하는 것인지 아님 신디 덕인지 갈피가 잡히지 않았다. 내가 신디의 말을 자세히 복기해낼 때면 후안은 가까이서 의욕을 북돋아주었다. 거봐요, 이렇게 나아질 수 있다니까요. 눈을 빛내던 그에게, 실은 녹음된 음성을 받아 적고 커닝페이퍼처럼 들춰어본다는 사실을 털어놓지 못했다.

틈날 때면 나는 이어폰을 끼고 후안의 음성 파일을 재생했다. 녹음본을 계속 듣다 보면 더는 웃기지 않은 때가 찾아왔다. 아무리 웃긴 이야기여도 영원히 웃길 수는 없었다. 웃음기를 걷어낸 뒤에야 심각한 목소리가 들렸고 진짜 코미디는 거기서 부터 시작되었다. 그런 나라에서 하루도 더 살고 싶지 않았어요. 베트남을 떠나올 때를 회상하는 대목을 나는 여러 번 돌려 들었다. 웃음을 흘려가며 꺼냈던 말들이 녹음된 음성에서는 울먹임 혹은 화를 눌러 참는 소리처럼 들렸다. 신디의 참담함을 조용히 더듬다 보면 끝에는 늘 후안이 뒤따라왔다. 아직 떠나오지 않았고, 어쩌면 영영 그래야 할지도 모르는 후안이.

— 너무 열심히 듣는 거 아니에요?

어느새 옷을 갈아입고 돌아온 후안이 내 눈앞에 자동차 키를 흔들었다. 우선 뭘 좀 먹고 해요. 배고플 텐데……. 후안은 언제나 내가 필요한 순간 그곳에 있었다. 오래된 나무처럼 태초부터 그곳에 있었던 듯이 널따란 그늘을 드리웠다. 차는 미끄러지듯 출발했다. 이순신 동상을 기점으로 사거리를 크게 한바퀴 돌았고 광화문역 부근 주차장에 차를 세웠다. 분명 서울에서 제일 좋아하는 음식점이라고 데려왔는데 눈앞에는 KFC 뿐이었다. 있잖아요, 혹시나 해서 하는 말인데 여기 전 세계에 체인점 있는 건 알고 있죠? 후안은 고개를 끄덕였다. 근데 여긴 달라요.

후안이 주문한 메뉴들이 금세 나왔다. 갓 구운 비스킷과 딸기잼, 양배추와 오이를 깍둑썰기해 마요네즈에 버무린 코올슬로 샐러드가 커다란 쟁반 양끝에 조촐히 놓여 있었다. 나는 후안을 따라 비스킷 위에 잼과 샐러드를 차례로 얹어 한입 베어 물었다. 뜨끈한 버터 향이 감돌았다. 적당한 굽기, 달콤함. 그런 균형감만큼이나 이 집이 특별한 이유는 따로 있었다. 후안이 한국에 발을 디딘 날짜는 1월 1일, 관공서 근처에 문을 연 가게가 거의 없었고 KFC만이 눈에 보였다.

— 비자가 나올 줄도 몰랐으니까요. 눈물 나게 맛있었죠. 믿기지 않아서 그랬나.

후안은 떨어진 빵가루를 그러모았다. 사실 러시아에 있었는데, 한국으로 건너오고 일주일 뒤에 러시아-우크라이나 전쟁이 터졌다고. 운이 좋았다고, 후안은 말했다.

— 신디가 초등학생 체크카드 같은 여권이라고 했잖아요. 정말 그 대사 듣자마자 웃었잖아요, 정확해서.

후안은 큭큭 소리를 내며 웃었다. 웃겨요? 후안은 신디가 웃긴 이야기를 시작할 때면 자신 몫의 마이크가 꺼져 있는지 여러 차례 확인하게 되었다고 했다. 웃기려고 작정했을 때 짓는 표정이 무엇인지도 알고 있다고. 마이크에 불이 들어온 걸 직전에 봐서 망정이지, 안 그랬으면 사고였어요. 사고라니. 그때 그 순간, 진짜 아찔했던 건 본래 날것의 언어가 기어이 후안의 귀에 새어 들어가 가슴을 후벼파는 것이었다.

— 근데 연우. 난 괜찮아요.

대수롭지 않다는 듯 대답하는 후안의 반응에 김이 샜다. 잘 모르나 본데, 나는 운을 뗐다. 이쯤 후안도 진실을 알아야 한다고 생각했다. 원래 무엇이었는지 아세요? 후안은 여전히 태연했다. 쓰레기 여권, 뭐 그런 건가요. 나는 눈이 동그래져서 물었다. 프랑스어를 알아들으세요? 그는 호쾌히 웃으며 정말 그랬으면 얼마나 좋았겠냐며 손사래 쳤다. 고향 친구들이랑 있을 땐 우리끼리 다 그렇게 말해요. 깐깐한 심사와 조건부 허락 없이는 아무 데도 갈 수 없다면 그거야말로 족쇄고 지옥이니까. 입국 심사 역시 예외는 아니었다. 보통 입국 심사는 심사관과 가볍게 수다 떠는 자리 아니었나요. 미국에 단기 학생 통역 아르바이트를 하기 위해 다녀왔던 경험을 떠올리며 내가 물었다. 그때 담당 심사관은 손수 지도까지 그려주며 머리털이 나고 먹어본 것 중 가장 맛있었던 시나몬롤 가게 위치를 알려주었다. 우리에게도 그러면 참 좋겠지만……. 후안은 입맛을 다시며 말했다. 우린 곧장 호출되어 심문받아요. 여행하는 나라에 가족이나 애인이 사는지. 도주 우려가 있는지. 심각한 이야기 끝에 후안은 반드시 덧붙였다. 아 물론, 이건 제 친구 얘기 예요.

— 그러면 이거는요?

나는 신디가 던졌던 농담 중 더 자극적이었던 것을 골랐다. 연예인이 베트남인이랑 결혼해서 애 낳으면 〈인간극장〉 나오고, 미국인이랑 낳으면 〈오 마이 베이비〉 나온다는 말요. 후안은 여전히 표정 변화 없이 그건 별로 재미없는데요, 대꾸했다. 하나, 두 프로그램 다 폐지됐죠. 둘, 미국인 중에서 불쌍한 사람들 얼마나 많은데요. 후안은 재미는 없지만 기분도 안 나쁘다고 했다. 정확하게 웃긴 말만이 칼이 되어 자신을 긋고 갈 자격이 있다고도 덧붙였다.

— 게다가 신디는, 그 모든 시간을 정말 살아낸 사람이잖아요.

후안은 신디를 두둔했다. 겪어보았으니까. 그것도 잔인하리만큼 깊이 얽히고설켰으니 신디 역시 그 나라 민족으로 살아가는 것의 불합리성에 대해서 말할 자격이 충분하다고. 하지만 나는 후안에게 그런 교과서 같은 이야기를 듣고 싶었던 것이 아니었다. 베트남인이라는 말로 묶어버릴 수 없는 특수한 경험과 감정을 후안이 나누어주길 바랐다. 후안도 후안만이 아는 이야기가 있을 거 아니에요. 국적을 버린 신디, 자유를 택한 신디는 결코 알 수 없는 이야기요. 그런 게 있을 줄 알았어요. 우리가 그 정도를 나눌 만큼의 사이는 되지 않나요. 내가 말했다. 그러자 의외의 대답이 돌아왔다.

— 모든 걸 나누지 않으면 우린 친구가 될 수 없나요?

— 저는 후안이 말하지 말라고 하면 무덤까지 가져갈 수 있거든요. 무슨 얘기든지.

— 못 믿어서 그러는 게 아니에요.

— 여기가 좀…… 보는 눈이 많죠?

— 그것도 그렇지만.

— 나랑 조금도 나누고 싶지 않나요.

— 연우랑 나누고 싶지 않은 게 아니라요.

— 그럼?

— 타지에서 처음 만나 평생을 약속했던 친구와도 마찬가지로.

— 못 할 얘기가 있었어요?

포크를 쥐어 들고 접시에 남아 있던 비스킷을 쿡쿡 눌러 찍었다. 덩어리들이 점점 부서져 가루가 되었다. 아직은 그래요, 후안은 정말 미안하다는 말을 몇 번 반복했다. 5년은 짧고 10년, 아니 15년쯤 후에는 할 수 있게 될지도 모른다고. 그즈음이 되면 못 할 이야기가 없을 거라고. 후안은 그 미래가 정말 올 것처럼 이야기했고 나 역시 그렇게 되기를 바랐다. 너무 늦기 전에.

신디에게서 뒤늦은 답장이 왔다. 뭐가 미안해요? 미리 보기로 읽는 순간 얼어붙었는데, 연이어 온 메시지를 보고는 비난도 추궁도 아니라는 걸 알아차렸다. 뒤에 중요한 일정이 있어서 먼저 간 건데. 찾았어요? 나는 똑같은 질문을 옆자리에 있는 후안에게 하고 싶었다. 뭐가 미안해요? 어쩔 수 없는 건데. 그러나 묻지 않았고, 이른 저녁 집에 곧장 돌아가지 않고 이 차를 타고 근처를 정처 없이 빙빙 돌았다. 나는 운전을 할 줄 몰랐으므로 조수석에 앉아 후안이 졸지 않도록 끝없이 말을 걸었다. 그리고 후안은 끝없이 어디론가 향했다. 누구 하나 먼저 그만 갈까요, 말하지 않으면 밤이고 새벽이고 영영 그 시간이 지속될 것만 같았다. 어느 날은 내가 먼저 물었다.

— 집에 안 들어가봐도 돼요?

일종의 회유였는데, 후안은 그 질문을 곧이곧대로 듣고는 자신은 괜찮다고 대답했다. 어차피 혼자 살아서요. 집에 가도 할 게 없어요. 그건 우리의 공통점이기도 했다. 그렇게 대로변을 달리다 후안은 차를 잠시 세워두고 건물에 들어가 무엇인가를 사왔다. 동그란 상자에 예쁜 리본 포장이 되어 있는 초콜릿이었다. 나는 차 안에 웅크린 채 주차 단속이 뜨지 않는지 망을 봤다. 무얼 살지 고민이 길어진 날에는 10분이 넘어가도록 지켜준 적도 있었다. 그렇게 해서 사 온 건 애인을 위한 선물도, 스스로에 대한 보상도 아니었다. 그럼 뭘 위한 건데? 되돌아온 대답은 또다시 비밀이라는 거였다. 됐다, 너한테 뭘 기대하겠니. 언젠가부터 나도 모르게 우리의 관계를 받아들이고 있었다. 시간은 흐르고 무엇도 쌓이지 않는다. 그런데도 계속 후안을 만나러 갔고 시간이 흐르게 둔다. 후안이 자동차 문을 여닫을 때마다 바람이 뺨과 목선을 아리게 때렸다.

모든 걸 나누지 않으면 친구가 될 수 없나요. 그 질문 이후에 나는 어쩐지 먼저 말을 걸기 망설여졌다. 내 이야기를 꺼내는 것도. 후안이 자기 이야기를 하지 않으니 나 역시 이야기해야 할 이유를 잃어버렸다. 이야기는 빚이었다. 듣는 쪽이든 하는 쪽이든 무언가를 빚내고 있는 셈인데 빌릴 생각도 빌려줄 생각도 없는 후안에게 내가 과연 무엇을……. 후안은 자신이 돌아나온 건물을 가리키며 르메이에르가 프랑스어냐고 물었다.

—네, 최고라는 뜻.

─ 그래 보이네요.

─ 그래요?

유리창에 가로등 불빛이 반사되어 노랗게 빛났다. 방금 닦은 것처럼 말갛고 반듯했다. 다닥다닥 붙어 있는 가게들 하나하나가 벌꿀 집 같았다. 저녁이 깊어갈수록 하나둘 불이 꺼졌고 디저트 가게의 쇼케이스와 르메이에르라 적힌 건물 네온사인만 이 선명했다. 여긴 늦게까지 여는 집이 하나도 없나 봐요. 어느새 컴컴해진 건물을 바라보며 내가 말했다. 원래는 10층에 피자와 맥주를 묶어 파는 집이 있었는데 지난달에 폐업했어요. 후안이 손가락으로 가리킨 곳에는 창문이 모두 뜯긴 채 비닐을 엑스 자 모양으로 붙여둔 건물 하나가 있었다. 정말 기억 못 하네요, 연우는. 후안이 말했고 나는 되물었다. 뭘요?

─ 우리 첫날 회식했던 것 생각나죠.

그 기억은 선명했다. 막차 시간을 확인하는 척하며 스마트폰 메모장에 기록을 해두었으니까. 집에 도착하자마자 파편화된 키워드를 조합하며 대화를 재구성했다. 좋은 기억보단 나쁜 기억에 매달렸다. 정확히는 기억해야만 나를 지킬 수 있는 것들. 후안은 내게 회식 장소가 한 번 바뀌었던 것도 기억하는지 물었다. 나는 고개를 내저었다. 저기 10층, 지도에는 그대로 있더라고요. 원래 저기를 같이 갈까 하고 단체 메시지방에 장소 공유를 했었어요. 그런데 영업 시간이 월요일 딱 하루 자정부터 30분 후까지로 되어 있다는 거예요. 폐업한 거죠. 후안은 그날 이후로 종종 이곳에 와서 사탕을 사 가게 되었다고 했다. 어둠 속 디저트 가게의 쇼케이스만 빛나니까 그제야 사탕이 주인공 같았다고. 이 거대한 건물이 그 사탕만을 위해 준비된 무대처럼 보였다고.

  ─그래서, 먹어보니 정말 특별했나요?

  내가 물었다. 후안은 겉 포장을 풀어헤치고 나에게 한 알을 건넸다. 초콜릿을 깨어 물자 맑고 향긋한 액체가 줄줄 흘러나왔다. 술이라고 했다. 알코올을 날린 술을 넣어 파는 고급 간식이라고. 정말 특별하네요, 나는 진심으로 말했다. 어차피 내일이 되면 술인지 시럽인지도 잊을 거면서. 얄밉게 놀리면서도 후안은 몇 알을 더 꺼내어 냅킨에 넣고는 보자기 접듯 고이 접어 건넸다. 그러고는 무언가 할 말이 떠올랐다는 듯 운전석에서 정면을 바라보던 시선을 내게 옮기며 눈을 밝히는 것이었다. 연우 저도 생각해봤는데요, 운을 떼면서.

  ─연우처럼 기억력이 젬병인 게 좋아요, 훨씬.

  ─지금 놀리는 거죠.

— 아니 진짜요.

후안은 초콜릿 한 알을 집어 들었다. 신디처럼 나이가 들고도 유년의 기억을 생생히 끌어안고 살면, 너무 피곤하지 않겠어요? 그 순간 가로등 불빛이 반짝, 사탕을 비추었다. 어두운 홀 안에서 신디를 비추던 핀 조명처럼. 그래서 빛나잖아요. 후안은 도리어 내게 물었다. 주목받는 게 좋아요? 나는 고개를 갸웃거릴 뿐 무어라 대답하지 않았다. 처음부터 그림자가 되는 데 익숙했으므로 그 반대의 삶을 상상해본 적 없었다. 통역 부스 안에서는 신디가 잘 보였다. 카메라가 신디의 표정과 근육의 미세한 움직임이 잡히도록 가까이 줌인하여 촬영했기 때문이었다. 내가 주로 통역하는 날이면 후안은 이 화면을 잠잠히 바라보았다. 그러고는 신디 자리에 자신을 넣어보았다.

— 무대에 서면, 무슨 얘길 하고 싶어요?

— 그게 …… 없더라고요.

나지막한 대답이 돌아왔다. 정말 아무것도 없더라고요. 나와 후안의 결정적인 차이라면, 나는 이야기를 못 하는 거고, 후안은 안 하는 것이었다. 후안은 차라리 못 하고 싶은 거였음 한다고 했다. 아무것도 오롯이 복기할 수 없어서 부득이 입을 다물게 되는 편이 낫다고.

— 기억해야 할 걸 못 하는 건, 위험한 일이에요.

순간 왜 그런 말을 했는지 나조차 알지 못했다. 저는 아니고 제 친구 얘긴데요. 나는 후안의 말투를 그대로 따라 하며 말문을 열었다. 학교 다닐 때, 누군가 교무실에 대고 씨발, 하고 소리치면서 문을 발로 찼대요. 사실 별거 아니죠. 애들이 욕 좀 할 수도 있지. 근데 주임 교사한테 잘못 걸린 거예요. 그 근방에 있던 아이들 전부 공범으로 몰렸어요. 교장실에 불려 갔는데 누구 하나 자수하지 않았어요. 점점 분위기가 험악해지다가 말 안 하면 다 같이 퇴학이라고 엄포를 놓았어요. 들은 사람만 있고 말한 사람은 없대요. 한 아이가 콕 집어 저를, 아니 제 친구를 지목했어요. 쟤가 그러는 걸 똑똑이 봤다고. 제가 아무리 아니라고 해명해도 믿어주지 않았어요. 그날 이후로 저는 혼자가 됐어요. 그때 다짐했어요. 결코 이 일을 잊지 않겠다고. 두고두고 기억할 거라고. 그런데 스무 살이 되자마자 마법에 걸린 것처럼 감쪽같이 잊어버렸어요.

— 그런데 어떻게 다시 기억하게 된 거예요?

친구 같은 건 처음부터 없었고 내가 통과한 시간이라는 걸 잘 알았겠지만, 후안은 끝에 덧붙였다. 그 친구 말이에요.

— 그 애가 먼저 연락을 했어요.

— 사과하려고요?

— 확답을 받으려고요. 자, 네 입으로 말해봐, 나는 아무 혐의가 없어, 하고.

— 제 발 저린 거예요?

— 그 무렵 첫 영화를 찍기 시작했어요. 기사는 1년 뒤에 났는데, 시기를 맞춰보니 그렇더라고요.

아…… 후안은 곰곰 생각에 잠겨 있다가 마침내 물었다. 나 말고 다른 사람한테 말한 적이 있었어요? 나는 고개를 저었다. 화가 났나요, 후안은 되물었다. 그보단 무서웠어요. 한쪽만 선명한 기억을 쥐고 있으니까. 정작 나는 메시지창을 가득 채운 회고를 생경한 풍경을 보듯 가만히 바라보고만 있었다. 이대로 10년이 흐른다면 무관한 학생들보다도 무지하게 될 것이다. 나만 잊으면 없었던 일이 되고, 어쩌면.

— 그게 제일 무서워요, 나는.

— 그래서 모든 걸 다 손으로 받아 적는 거고요.

— 네, 기억하려고.

— 꼭 기억해야 할까요?

— 우스워지지 않으려면요.

후안은 스마트폰을 꺼내 자신의 음성 파일 목록을 보여주었다. 파일 하단에 다시 듣기 버튼이 생성된 것으로 보아 적어도 한 번 이상은 처음부터 끝까지 들은 것이었다. 그다음 것도, 그다음 다음 것도 마찬가지였다. 이 모든 걸 돌려 들은 거예요? 후안은 고개를 끄덕였다. 네, 정반대 이유로요.

— 우스워지려고요?

— 좀 내려놓으며 살려고요.

내 트렁크에는 짐이 너무 많아요. 중량 초과예요. 버릴 것은 버려야 태워야 하는 것을 태울 수 있죠. 후안이 말했다. 내가 먼저 부탁한 것도 아니었는데 후안은 나중에 누군가를 태워야 할 일이 생기면 자신을 찾으라고 덧붙였다. 나이 들었는데 친구가 없으면요, 진짜 필요한 순간에 아무도 데리러 오지 않아요. 그럴 때 내가 갈게요. 공수표가 아니라 정말요. 후안은 말했다.

— 근데요, 후안에겐 그게 언제였어요? 정말 누군가가 필요한데, 아무도 곁에 없었던 순간이.

이것도 말 안 해줄 거죠. 내가 물었다. 여느 때였다면 후안도 그랬을 것이다. 알면서 물으시네요, 밉지 않게 이죽거리는 후안의 장난기 가득한 얼굴과 마주했을 것이다. 그러나 그날은 달랐다. 후안의 입은 말하기 직전의 모양을 하고 있었다. 조금만 온도를 높여주면 금세 끓어오를 것 같았다. 이야기를 꺼내려다 말고, 한번 시작해보려다 멈추는 식이었다. 하고 싶은 이야기가 있으면 언제든 편히 해요. 하고 싶지 않으면 하지 않아도 되고요. 준비되지 않았을 때 하는 말처럼 후회되는 일도 없잖아요, 내가 말했다.

후안은 초콜릿 상자를 열어 가장 커다랗고 탐스러운 장미 모양을 골라 내게 건네는 것으로 대답을 대신했다. 그건 그날 후안이 열어젖힌 수많은 것 중 하나에 불과했다.

내 얘기는 아니고 친구 얘긴데요.

그렇게 시작하면 세상에 못 할 이야기가 없다. 그 마법 같은 문장을 처음 알려준 것은 후안이 아닌 신디였다. 그게 소재 고갈 없이 롱런할 수 있었던 비법이라고, 신디는 자주 말했다. 인터뷰 몇 줄을 따기 위해 대기실에 찾아온 기자에게도 같은 이야기를 했다. 단 한 사람이라도 외부인이 있는 공간에서 신디는 모든 것에 당당하고 초연한 사람이었다. 여러 국가를 옮겨 다니면서 느꼈을 혼란과 직업 코미디언으로서 느끼는 불안 같은 것에는 이미 무뎌져버린, 그래서 이제 자신보다 한참 어린 세대를 위해 목소리를 내는 골드미스. 그건 신디가 되고 싶었던, 그리고 이미 되어버린 무언가였다.

야외 주차장과 연결된 공터에서 신디를 다시 만났다. 민소매에 짧은 바지만을 입고 그곳을 활보하는 뒷모습을 목격했을 때 나는 그 여자가 신디임을 알아보지 못했다. 무대에서 내내 입고 있던 정장 재킷은 온데간데없었고, 한 손에는 담배를 들고 다른 한 손에는 글씨가 빼곡히 적힌 메모지를 든 채로 신디는 초조하게 발을 굴렀다.

— 뭐, 안 드세요? 제가 주문해드릴게요.

첫날 이후로 신디가 밥 먹는 모습은 거의 보지 못했다. 친구였다면 회유해보았을 것이다. 사람은 쉽게 죽지 않지만, 지름길을 기어코 찾아내는 사람은 별수 없다고. 밥은 먹고 살아야 하지 않겠느냐고. 그러다 신디는 문득 당장 무언가를 먹을 사람처럼 음식을 주문했고, 여러 만류에도 사이드 메뉴까지 여럿 추가했다. 그러나 막상 음식이 도착하면 이제 생각이 없어졌다는 말과 함께 대기실에 그대로 놔두었다. 신디가 바쁜 날에는 후안과 나누어 먹곤 했지만, 그렇지 않은 날에는 내 앞에 밀어주고는 마주 보고 앉아 내가 먹는 것을 지켜보았다. 그렇게 먹은 날 밤이면 어김없이 속이 뒤틀린 듯 답답했다.

— 신디 있잖아요. 내키지 않으면 주문하지 않아도 돼요.

―정말 먹고 싶어서 시키는 건데.

　―그런데 왜 열어보지도 않아요?

　―주문하는 순간 이상하게 다 먹은 것 같아요.

　신디가 습관처럼 내쉰 한숨에 뜨겁게 달구어진 음식물 쓰레기 냄새가 섞여 나왔다. 차마 토했느냐고 물을 수는 없었다. 나는 손을 둥글게 말아쥐고 내 코와 입 언저리에 가져다 댔다.

　―곧 양치할 거예요.

　담담한 목소리에 나는 따져 물을 뻔했다. 냄새가 문제가 아니잖아요. 제가 왜 있어요. 어떤 문제가 있으면 같이 해결하자고, 그러려고 사람을 둘이나 쓰는 거 아니에요? 그러나 내가 할 수 있는 일이라곤 주머니를 뒤적여 후안이 건넨 초콜릿을 신디에게 전해주는 것밖에 없었다. 무대 올라가기 전에 차랑 같이 드세요. 그럼 속이 조금 편안할 거예요. 그대로 발길을 돌리려는 찰나, 신디가 내 오른쪽 어깻죽지를 그러쥐었다. 하나만 물어볼게요. 그래도 되죠. 그런 유약한 어투는 신디에게서 처음 들어보는 것이었다. 나는 뒤돌아볼 수 없었다. 등 뒤에는 내가 모르는, 나에게 보여주지 않으려고 애쓰던 신디의 진짜 얼굴이 있을 것 같았다. 그런 신디를 볼 자신이 없었다. 그러나 딱 잘라 거절할 힘 역시 없었다. 어정쩡한 자세로 나는 간신히 말했다. 네, 무엇이든요.

　나는 신디가 무엇을 묻든 정성껏 대답해줄 각오가 되어 있었다. 나는 비밀을 만들고 싶지 않았다. 말하지 않는 것도 속이는 것이었기에. 내게 듣고 싶어 하는 이야기가 무엇이든 아는 대로 알려주어야겠다고 다짐했다. 하지만 신디의 질문을 들은 순간 답할 수 없다는 것을 알았다. 국적을 버린 신디, 자유를 택한 신디는 결코 알 수 없는 이야기. 그건 내가 후안과 알고 지낸 내내 궁금해하고 알고자 했던 모든 것이기도 했다.

　― 신디는 신디의 기억을 말해야죠.

　고민 끝에 꺼낸 대답이었다. 잠깐의 침묵이 이어졌다. 그 찰나 신디가 첫날 내게 던진 질문을 다시 끄집어낼지도 모른다고 생각했다. 들어선 안 되는 이야기를 했느냐고. 이제는 나도 말할 수 있었다. 아니라고. 모든 것을 말할 수 있고 들을 수 있다고. 그러나 신디는 더 이상 묻지 않았다. 다만 고백에 가까운 말을 내려놓을 뿐.

　― 기억이 나지 않아요.

　― 이제까지 잘해왔잖아요. 그러니 잘할 수 있어요. 제가 늘 가장 편안한 입이 되어주잖아요.

　뒤돌아보지도, 매정하게 직진하지도 못하고 나는 후안이

기다리고 있는 부스로 향했다. 전날 잠을 이루지 못해서인지 내내 몽롱했다. 가만히 서 있어도 눈꺼풀이 감겨왔고, 언제라도 톡, 망각의 세계로 넘어가도 이상하지 않았다. 그럼에도 조금 전 대기실에서의 기억을 곰곰이 되짚어볼 만한 또렷한 정신이 남아 있다는 건 신기한 일이었다. 후안이 겪었던 일 말이에요. 내 얘기가 아니라 친구 얘기라고 할게요. 문을 나서기 전, 신디는 나를 붙잡으며 말했다. 그럼 사람들이 반대로 내 얘기라고 생각할 거예요. 그럴 수는 없어요. 끝내 짤막한 대답만 남기고 돌아서야 했다. 나는 이제 와서 꺼진 마이크에 대고 미처 하지 못했던 대답을 읊조려보았다. 우리는 농담이 아니잖아요.[1]

무대 위의 신디는 다른 사람 같았다. 내가 알던 본래의 신디가 잘 다려진 정장 재킷을 갖추어 입은 채 서 있었다. 신디는 한결같이 진지한 이야기를 영어로, 농담을 프랑스어로 했다. 왜 농담은 영어로 하지 않아요? 언젠가 신디에게 물었을 때, 아마도 그렇게 대답했던 것 같다. 내 욕을 해도 내가 하려고요, 내 언어로. 나는 카메라로 신디의 표정을 살폈다. 어두운 객석에서 핀 조명을 쏘아 잡아낸 저화질의 흐릿한 얼굴을. 여러 겹

1 이은용, 《우리는 농담이 아니야》, 제철소, 2023.

의 렌즈와 신디만을 바라보는 수백 개의 눈동자에 반사되어 돌아온 신디는 평소와 다름없는 모습이었다. 당장이라도 무너질 것 같은 아까의 얼굴은 어디에도 없었다.

신디는 큐카드로 입을 가렸다. 나는 신디의 대사를 거의 외우다시피 했다. 저는 유라시아인이에요. 자, 보세요. 어느 쪽이 유러피안이냐면…… 나는 정해진 레퍼토리대로 말할 준비를 마쳤다. 그때였다. 핸들을 틀고, 경로를 이탈하기 시작한 것은. 신디는 프랑스어로 말했다.

— 이제 무슨 말을 해야 할지 모르겠어요.

그 말을 알아들은 사람은 나뿐이었다. 옆에 있는 후안조차도 무슨 상황이 벌어지고 있는지 눈치채지 못했다. 나는 차분히 원래 나올 법한 대사를 했다. 이제 신디가 입이 아닌 이마와 눈을 가릴 차례였다. 나머지 얼굴이 가려졌다. 카메라는 줌으로 당겨 신디의 상반신을 확대해 잡았다. 살짝 벌어진 두 입술, 새하얀 이.

— 정말 모르겠어요.

— 그리고 여긴 아시안. 저는 살아 움직이는 동서양의 혼융사입니다.

나는 신디의 말을 그렇게 받았다. 후안은 한 손으로 헤드셋에 딸린 마이크를 쥐고, 다른 한 손으로 내 손을 잡았다. 벌써 어제가 되어버린 늦저녁, 후안의 차 안에서 그랬던 것처럼.

후안은 내 손바닥을 자기 쪽으로 가져갔고 주먹 쥔 손을 그 위에 얹었다. 주먹을 서서히 펴 보이며 그는 초콜릿과 더불어 다른 것을 함께 건넸다. 내 얘긴 아니고 내 친구 얘긴데요. 초콜릿 안의 술, 혹은 뜨뜻하게 데워진 차 안의 공기, 혹은 둘 다가 우리를 러시아로 데려다주었다. 한국으로 오기 직전 후안이 머물던 상트페테르부르크로. 그곳에서 저는 베트남인 친구를 사귀었어요. 같은 호치민시 출신인 걸 알고는 급격히 가까워졌어요. 어딜 가나 함께했고 몇 번 친구의 집에 초대되어 고향 음식을 만들어 먹기도 했어요. 선지와 해물을 가득 담아 끓인 매운 쌀국수, 과일 칵테일과 젤리를 넣어 만든 컵 빙수 같은 것이요. 처음으로 아버지에 관한 이야기를 터놓았던 것도 그 친구였어요. 초등학교 졸업 직후 강제로 신발 공장에 끌려갔다고. 끝날 듯 끝나지 않는 잔인한 시간을 버티기 위해 금서를 사 모았고 그걸 탐독하기 시작했다고. 숨어 읽던 이야기들에 얼마간 빚지며 살았기에 성인이 되어서는 자신이 겪은 일을 증언해주어야겠다고 결심했고요. 구술 증언 기록집을 집필 중이던 작가가 있었거든요. 누구나 이름을 들으면 알 만한 작가였어요.

그 작가는 어떻게 되었나요.

여기서부턴 잘 알려진 이야기예요. 강제 추방당했어요. 그 책은 금서가 되었고요. 러시아에 있다가 지금은 유럽으로 건너갔다고 들었어요.

처음으로 진짜를 나눈 거네요, 친구와.

보름 뒤에 아버지가 끌려가 일주일간 심문을 당하기 전까진 그런 줄 알았어요. 다행히 증거 불충분으로 풀려났어요. 아버지는 누군가 남긴 기록을 모았고, 기록을 남기게 도와줬지만 스스로 남긴 건 없었거든요. 그게 아버지를 살렸어요.

후안은 차창을 내렸다. 나는 후안에게 묻고 싶었다. 신고한 사람, 그 사람을 믿고 털어놓은 사람 중 누가 후안이에요? 누가 나쁜 쪽인지, 후안은 믿을 만한지 그렇지 않은지 궁금해졌다. 그러고 이내 어느 것도 중요한 것이 아니라는 걸 깨닫고 입을 다물었다. 후안도 내게 묻고 싶은 게 있어 보였다. 신디에게 내 이야기를 했었나요. 혹은 신디에게 내 이야기를 할 건가요. 후안 역시 혀끝에 옹송그린 질문을 입 밖에 내지 않았다. 나를 돌아보지 않고, 묵묵하게 정면만을 바라본 채로 천천히 차에 시동을 걸었다. 시커먼 어둠이 창 안으로 들이쳤다. 이쯤 되면 나는 모든 내용을 잊은 채 우리 분명 좋은 이야기를 나누었는데, 읊조리며 도무지 떠오르지 않는 기억을 되짚고 있어야 했다. 하지만 오늘은 다르지. 따가울 정도로 차가운 바람과 여전히 부슬거리는 눈비를 맞아도, 뜨거운 물에 모든 것을 씻어내도, 눈을 감아도 기억이 초콜릿처럼 눅진히 들러붙어 있을 것이라는 이상한 예감이 들었다.

그런 예감.

후안은 모든 쇼가 끝날 때까지 내 손등 위에 포갠 손을 떼지 않았다. 여느 때와 다름없이, 혹은 조금 더 요란한 갈채가 객석에서 터져 나올 때까지. 귀가 터질 듯한 소리가 한차례 지나가고, 가득 찼던 객석이 하나둘 비워져가는 동안에도 신디는 그 자리에 그대로 서 있었다. 후안은 헤드셋을 벗었고, 이제 신디의 목소리와 연결된 사람은 나뿐이었다. 신디는 마이크에 대고 무언가를 약속하듯 말했다. 이제 집에 가요, 우리.

* 스탠드업 코미디언 마이클 요(Michael Yo), 트레버 노아(Trevor Noah), 우르질라 카슨(Urzila Carson), 셀레스트 은툴리(Celeste Ntuli), 지미 O. 양(Jimmy O. Yang), 폴린 야스다(Pauline Yasuda), 한나 개드스비(Hannah Gadsby), 캐시 박 홍(Cathy Park Hong) 등의 무대 및 미국 언더그라운드 펍 코미디에서 영향받은 글임을 밝혀둡니다.

몬 몬 캔디

주이헌

고다가 집에 들인 첫 반려동물의 이름은 햄스터 1호로 이제는 기억나지 않는 어느 동네의 쓰레기장에서 발견된 잡종이었다. 햄스터 1호는 튼튼하고 유순했으며, 그 두 가지 특성을 살려 이후 들여온 햄스터 2호의 기상천외한 괴롭힘을 필요 이상 오래 견뎌냈다. 햄스터 2호는 고다가 마감 직전의 마트에서 훔쳐 온 것으로 성질이 난폭하고 예민했으며 식욕에 관해서라면 어딘가 제어 장치가 고장 나기라도 한 것처럼 흥분을 주체하지 못했다. 그래서였을까? 부드러운 카페라테 혹은 갓 구운 버터 쿠키의 색을 닮아 있던 옅은 황금빛 털의 햄스터 1호는 온몸이 새하얗게 반짝이던 2호의 역시나 새하얀 앞니에 산 채로 뜯어 먹혔다. 겨울밤 우연히 잠에서 깨었던 고다는 눈을 비비며 침실을 나오다 그 장면을 그대로 목격하였다. 암흑 속에 가라앉은 자정 무렵의 거실에서, 오로지 베란다를 통해 비쳐 들어오던 희미한 달빛에만 의지하여. 그날 햄스터 2호는 장장 두 시간에 걸쳐 햄스터 1호를 무참히 포식하였다. 햄스터 1호의 몸뚱이는 장장 두 시간에 걸쳐 2호의 자그마한 입안으로 꾸역꾸역 밀려들어 갔다. 그 모습을 두 시간 내내 관찰한 고다는 애초 잠에서 깬 이유를 잊어버린 채, 불 꺼진 화장실만을 몇 차례 들락거리다 자신의 방으로 얌전히 되돌아갔다.

잊었던 이유는 다음 날 아침이 되어서야 처절히 기억해낼 수 있었다. 이른 새벽부터 도지기 시작한 타는 듯한 갈증이 고다를 잠의 세계 밖으로 거칠게 몰아냈던 것이다. 내쫓기듯 눈뜬 고다는 갈증의 정도가 간밤 사이 배로 심해졌다는 사실을 깨달으며 주방 정수기 앞으로 달려갔다. 그러곤 정신없이 컵 안의 물을 들이켰는데, 미지근한 물이 메마른 목을 타고 흘러든 후에야 시야 바깥에 놓여 있던 물체들이 하나둘 고다의 눈길을 끌기 시작했다. 얼마 지나지 않아 고다는 식탁 위에 놓인 커다란 철창을, 그 속을 가득 메운 톱밥을, 그 위에서 몸을 말고 잠들어 있는 몸 군데군데가 선홍빛으로 물든 햄스터 2호를 차례차례 발견했다. 그제야 고다는 확인할 수 있었다. 기상 이후 머릿속을 은은히 떠돌던 일련의 장면들이 간밤에 꾼 악몽의 일부가 아니었다는 사실을 말이다. 곤히 잠든 햄스터 2호의 곁에는 예쁘게 발라진 작은 뼈들이 아무렇게나 흩어져 있었다. 고다는 그것들이 1호의 것임이 틀림없으리라 확신할 수 있었다. 그 순간 고다는 깜짝 놀랄 만큼 차가운 액체 같은 것이 온몸의 살갗을 타고 빠르게 흘러내리는 것을 느꼈다. 정수리에서 발끝까지, 위에서부터 아래로 단숨에 쏟아져 내린 그것은 금세 고다의 발밑에 고여 찰박거렸다. 그건 분명 고다가 스스로 발견해낸 최초의 두려움이었다.

두려운 고다는 그러나 울지 않았다. 울지 않고 햄스터 1호의 뼛조각을 그러모아 집 앞 화단에 묻어주었다. 그 뒤로도 고다는 꾸준히 두려워하며, 그럼에도 여전히 울음을 터뜨리지는 않으며, 정성을 다해 햄스터 2호를 돌봐주었다. 그 결과, 햄스터 2호는 털에 물든 1호의 핏기가 채 지워지기도 전에 돌연 죽어버렸다. 이유 없는 죽음이었다. 정말이지 어디에서도 이유를 찾아낼 수 없는 기이한 죽음이었다. 그때서야 고다는 울었다. 무언가 거대한 실수를 저질러버리고 말았다는 불길한 기운을 느끼면서. 이어 고다는 생각했다.

실수하면 안 돼.

그 무렵 고다는 초등학교에 입학할 즈음이었다.

고다는 무럭무럭 자랐다. 먹어야 하는 만큼만 먹었고 자야 하는 만큼만 잤으며 움직여야 하는 만큼만 움직였음에도 고다는 매일 밤 시큰거리는 성장통에 시달렸다. 학년이 올라갈수록 고다의 자리는 점점 더 칠판과 선생에게서 멀리 떨어진 곳으로 밀려났다. 때문에 고학년이 되자 고다는 교실 뒤편의 쓰레기통에서 스멀스멀 피어오르는 우유 썩은 내와 덜 닫힌 뒷문의 틈새를 통해 들어오던 갓 지은 밥 냄새에 코가 절어버릴 지경이 되었다. 말해야 하는 만큼만 말하는 아이로 자란 고다는 그것들을 묵묵히 견뎠다. 도저히 참을 수 없겠다는 생각이 들 때면 뒷문을 열고 나가 화장실에 다녀왔다. 그러다가 한 번씩은 조금 더 멀리까지 나아가 빈 복도들을 둘러보고 돌아왔고, 가끔은 건물 밖으로 나와 교정의 화단을, 인조 잔디가 깔린 운동장을, 허리께까지 올라오던 낮은 담을 기웃거리다 들어왔다. 머지않아 고다는 머물러야 하는 만큼만 머무르는 아이가 되었다. 충분히 머물렀다, 라는 생각이 들 때마다 교실의 뒷문을 빠져나가 학교 근처를 서성이곤 했던 것이다.
그런 고다의 눈에 선요가 자주 발견되었던 것은 너무도 당연한 일이었다. 선요는 말하자면, 머물러야 하는 만큼도 머무르지 않는 아이였다. 책가방을 그대로 멘 채 문방구 오락기 앞에, 지렁이가 꿈틀거리는 웅덩이 앞에, 뱀딸기가 피어난 수풀 앞에 쪼그려 앉아 있는 아이였다. 그런 식으로 매일 아침부터 오후까지, 동네 곳곳을 부산스레 쏘다니는 아이였다. 좁은 동네였으므로, 고다와 선요의 동선은 자주 겹쳤다. 아이들이 많지 않은 동네였으므로, 고다와 선요는 쉽게 서로의 얼굴을 기억했다. 단지 그 이유만으로, 고다는 선요를 친구로 인식했다. 학기 초 어른들의 무례한 물음—누구랑 가장 친하니?—에 고다는 당당히 선요의 이름을 말했다. 뒷모습으로만 떠들 줄 아는 아버지의 성의 없는 물음—어디 다녀오냐?—에도 선뜻 선요의 이름을 댔다. 그럴 때면 고다는 선요 역시 자신과 다를 바 없는 일상을 보내고 있으리라 짐작할 수 있었다. 확신할 수 있었다. 자신의 이름 역시 이미, 여기저기서 마음껏 불렸으리라는 사실을. 고다와 선요는 그때껏 말 한마디 나눠보지 않은 사이였지만, 어쨌거나 고다에겐 그런 일이 가능했다.

　하나 그 기간이 길어지고 고다의 입에서 선요의 이름이 더 자주 불릴수록, 고다의 마음속에선 작고 투명한 유리구슬 같은 것이 한 알씩 생겨나 데구르르 굴러다니기 시작했다. 고다는 그것들의 출처를 도무지 알 수 없었지만, 그것 전부가 상당히 유약한 성분으로 이루어져 있으리라는 예감 정도는 할 수 있었다. 그중 하나를 운 나쁘게 깨뜨리기라도 한다면, 자신이 상상해낼 수 있는 가장 두려운 일들이 한꺼번에, 자신을 덮쳐오리라는 예감 역시도. 그 무렵 고다는 자신의 어깨 위에 멋대로 걸터앉아 수런거리는 유령들에게 자주 시달렸다. 그것들은 늘어뜨린 두 다리를 함부로 흔들며, 고다의 조그마한 구슬들을 그들의 조그마한 발끝으로 아슬아슬 건드렸다. 그러다 어느 순간 고다의 귓바퀴를 예고 없이 죽 잡아당기며, 고다만이 알아들을 수 있을 법한 희미한 소리로 속삭이며 물었다.

대체 무엇이,

너와 그 애를 친구로 만들지?

그럴 때면 고다는 양 손바닥으로 두 귀를 막았다 떼기를 반복하며, 와ー와ー와 하는 소리를 오래도록 내었다. 와ー와ー와ー저리 가ー와ー와ー나는ー와ー아무것도ー와ー와ー들리지 않아ー와ー와ー와ー.

세상의 많은 아이가 그렇듯 고다는 그것들이 던지고 떠난 괴팍한 질문의 답을 끝내 찾아내지 못했다. 결국 고다는 답은 커녕 질문의 의미조차 제대로 파악하지 못한 채, 말 그대로 몸만 훌쩍 커버린 채, 정신없이 중학교에 진학했다. 고다의 동네는 여전히 좁았고, 좁은 만큼 여전히, 혹은 전보다도 더욱 아이들이 없었고, 때문에 고다는 예외 없이 선요와 같은 학교의 신입생이 되었다. 입학 이후에도 고다와 선요는 같은 교복을 입은 아이들의 틈바구니에서 서로의 모습을 쉽게 찾아냈다. 그렇다고 그들이 인사를 주고받거나, 서로의 안부를 묻거나, 시시콜콜한 대화를 하거나, 집에서 가져온 간식을 조금씩 나누어 먹거나 했던 것은 아니었다. 그저 서로를 알아보았을 뿐. 시간이 지남에 따라 묘하게 변해가는 서로의 얼굴과 목소리, 옷차림 같은 것을 발견했을 뿐. 와중에도 변함없이 학교 바깥을 서성이고 있는 서로의 모습을 지켜보았을 뿐. 그러다 종종 같은 곳에서 같은 곳을 향해 걸어가게 되었을 뿐이었다.

그런 그들이 그들의 의지로 말을 섞었을 리 없었다. 고다와 선요가 서로에게 건넨 첫 마디는 휴대전화의 스피커를 타고 전해졌다.

— 여보세요.

고다가 말했다.

— 누구세요?

선요가 물었다.

고다는 황급히 휴대폰의 음량을 최소치로 줄였다.

그때 고다는 교무실에 앉아 선요 담임의 눈치를 보고 있었다. 선요의 담임은 당황한 기색이 가득한 고다의 얼굴을 무심히 건너다보며, 곧게 펼친 검지를 굳게 다문 두 입술 앞으로 연신 가져다 대고 있었다. 그때까지도 고다는 고작 중학생일 뿐이었으므로, 자신보다 열댓 살쯤 많은 성인 여성의 작은 몸짓 하나에 자신도 이해할 수 없을 만큼 겁을 먹는 일이 가능했다. 따라서 고다는 그녀가 시키는 대로 선요의 행방을 밝혀내는 일에 연루되는 중이었다. 그녀의 지시에 따라 착실히 선요에게 전화를 걸며, 고다는 수년 전 한 동급생의 어깨 너머로 선요의 연락처를 훔쳐보고 은밀하게 저장해두었던 일을 뼈저리게 후회하였다.

수화기 너머로 선요의 목소리가 다시 한번 들려왔을 때— 저기요—고다는 자신의 조그마한 휴대폰을 있는 힘껏 말아쥐었다. 등줄기를 타고 식은땀이 흘러내렸다. 선요의 담임이 그런 고다의 어깨를 톡톡 두드리며 대답을 재촉했다. 고다는 고개를 푹 숙인 채, 티 나지 않게 그녀를 노려보았다. 그녀는 선요가 고다에게라면 학급의 반장에게도, 담임인 그녀에게도, 집에서 애를 태우고 있을 부모에게도 하지 못한 이야기들을 줄줄 쏟아내리라 확신하는 듯 보였는데, 고다는 할 수만 있다면 그런 그녀를 꼬깃꼬깃 접어 교무실 탁자의 걸쇠 달린 서랍 속에 구겨 넣고 영원히 잠궈두고 싶은 심정이었다. 고다는 그녀에 의해 자신의 비밀이 발각되어버릴 것이라는, 자신이 소중히 지켜온 무언가가 망가져버릴 것이라는 불안에 떨고 있었다. 이유는 명확했다. 고다는 선요와 대화해본 적이 없었고, 때문에 선요에 대해, 선요의 행방에 대해, 아무것도 아는 바가 없었다. 고다는 도리어 묻고 싶었다, 대체 무엇이, 그들을 친구로 인식하도록 만들었는지에 대해서. 이렇게 아무것도 모르는데. 정말이지 아무것도, 아무것도…….

아무것도?

아무것도, 라는 단어를 두어 번 곱씹어보던 고다는 문득 자신의 생각이 틀렸음을 깨달았다. 그날 아침 고다는 학교 앞 분식집에 앉아 새빨간 떡볶이를 천천히 씹어 먹고 있던 선요의 모습을 스치듯 목격한 바 있었다. 선요는 평소와 같이 단정한 교복 차림이었다. 경쾌한 박자에 맞춰 흔들거리는 검은 구두코가 매끈하게 반짝였다. 포크를 쥐지 않은 왼손에는 상당히 오래되어 보이는 만화책이 한 권 들려 있었는데, 선요는 그것을 한 장씩 팔락거리며 즐겁다는 듯 해사한 웃음을 짓고 있었다. 웃을 때마다 입술 사이로 삐져나오는 송곳니가 유독 새하얗다고, 고다는 무심코 생각했다. 그런 선요의 모습을 목격한 사람은 단언컨대 고다뿐일 것이었다. 고다는 다시 한번 선요 담임의 눈치를 살폈다. 그녀는 고다에게 소리 없이 입 모양으로 말하고 있었다. 어디 있냐고, 물어. 집에 오라고, 말해. 지금 만나자 말해. 고다는 그 말들을 토씨 하나 틀리지 않고 완벽히 알아들었다. 그러나 고다는 얼마간 모르겠다는 듯 고개를 갸웃거리며 뜸을 들였고, 시간을 벌었고, 그사이 선요에게 통화의 발신자가 자신이라는 사실을 비밀스레 알릴 수 있는 방법을, 또 선요의 담임에게 그 어떤 정보도 내어주지 않으면서 그 상황에서 둘 모두가 자연스레 빠져나갈 수 있는 방법을 궁리해냈다.

고다는 한참이 지나서야 나서야 입을 열었다.

— 나야. 오늘 가져온 만화책 재미있었어?

우선 되는대로 말을 내뱉어버린 고다는 이후 초조한 심정으로 선요의 대답을 기다렸다. 물은 엎질러졌고, 자신은 영영 그것을 도로 주워 담을 수 없으리라 예감하면서. 뜬금없는 소리를 꺼내버린 탓인지 선요의 담임이 고다를 의심스러운 눈초리로 지켜보았다. 고다가 그 날카로운 시선 속에서 진땀을 흘리는 동안 선요는 꽤 오랜 침묵을 유지했다. 그러곤 얼마 뒤, 어쩐지 기분이 좋아 보이는 목소리로 쾌활히 대답했다.

— 응. 무척 재미있었어.

통했다! 고다는 속으로 생각했다.

— 있잖아, 그거 나도 빌려주면 안 돼? 내일 너희 반으로 갈게.

고다가 다시 던진 질문에 선요는 상황을 파악하려는 듯 재차 뜸을 들였고, 이내 대답했다.

— 그래. 내일 학교에서 줄게.

선요의 마지막 말이 떨어지기 무섭게 고다는 선요의 담임을 올려다보았다. 그녀는 여전히 의심스럽다는 얼굴로 고다를 흘겨보고 있었다. 고다는 선요에게 큰 의미 없는 인사를 몇 차례 더 건넨 뒤 자연스레 통화를 종료했다. 그러곤 그녀의 담임에게, 세상에서 가장 순진한 미소를 지어 보이며 자랑스럽다는 듯 말했다.

— 내일 학교에 오겠대요. 내일은 꼭 올 거예요. 정말이에요.

선생은 어딘가 미심쩍다는 얼굴로, 그러나 자신이 해야 할 최소한의 역할은 마쳤다는 듯 꽤 너그러워진 표정으로, 고다에게 두어 번 고개를 끄덕여 보였다. 고다는 선생의 허락이 떨어짐과 동시에 교무실을 빠져나왔다. 내일 통화 목록 확인할 거야. 그런 말이 등 뒤에서 들려온 것도 같았지만 고다는 걸음을 멈추지 않았다. 어차피 고다는 선요에게 다시 연락할 생각이 없었다. 고다는 아무것도 정정하고 싶지 않았다. 그 말은 아무것도 확인하고 싶지 않다는 뜻이기도 했다. 그 순간 고다는 자신의 심장이 한참 전부터 세차게 뛰고 있었음을 깨달았다. 얇은 하복 블라우스 위로 가슴을 부여잡은 채, 텅 빈 복도를 종종걸음으로 거닐며, 고다는 집도 학교도 아닌 어딘가를 어슬렁거리고 있을 선요에게 가닿지 못할 속삭임을 보냈다. 너. 똑똑하게 굴어. 내가 보낸 경고를 알아들어. 학교로 돌아오지 마. 집으로 돌아가지 마. 나에게 얼굴을 보이지 마. 도망가. 도망가. 도망가…….

너 날 알아?

다음 날 아침 고다는 여전히 진정되지 않은 마음을 다독이며 학교로 갔다. 평소보다 느린 걸음으로, 평소보다 더 많은 곳을 기웃거리며. 혹시라도 자신의 시선 끝에서 단정히 교복을 차려입은 선요가 나타날까 봐 잔뜩 가슴을 졸이며. 그러나 그날 고다는 등굣길 어디에서도 선요와 마주치지 않았다. 학교의 정문을 넘어서서, 모래뿐인 운동장을 건너서, 신발을 갈아신고 계단을 올라 교실에 들어갈 때까지, 고다는 선요의 뒷모습조차 발견하지 못했다. 고다는 알 수 없는 기분으로 자신의 책상에 도착했다. 똑같이 알 수 없는 기분으로 가방을 정리하고 겉옷을 벗어 의자 뒤편에 걸어두었다. 얼마 뒤엔 걸어두었던 겉옷을 집어 들고 다시금 그것의 안쪽으로 팔을 한쪽씩 슬며시 끼워 넣었다. 그러고는 교실 벽면의 시계를 가만히 들여다보았다. 당장 그 교실에서 자리를 뜨고 싶은 충동을 느끼며, 안절부절못하며.

—자, 여기.

그때, 누군가 고다의 눈앞으로 낡아빠진 만화책 한 권을 들이밀었다. 고다는 무심코 만화책을 건네받은 뒤에야 천천히 고개를 들어 정면을 바라보았다. 그곳엔 깔끔히 머리를 모아 묶은 선요가 서 있었다. 고다는 자신의 입술이 슬쩍 벌어져 있음도 자각하지 못한 채 눈앞의 선요를 황급히 살펴보았다. 얘가 왜 여기에 있지, 생각하며. 선요는 장난기 없는 표정으로 그런 고다의 얼굴을 들여다보다, 답답하다는 듯 한층 선명해진 목소리로 말했다.

─자, 이거. 빌려달라며.

그제야 고다는 선요가 자신의 말을 곧이곧대로 이해해버렸음을, 곧이곧대로 학교에 와, 곧이곧대로 그 낡아빠진 만화책을 자신에게 건네주고 있음을 눈치챘다. 잠시 숨을 고른 고다는 조금 화가 난 얼굴로 이 바보야, 하고 운을 떼었다.

─그런 말이 아니잖아…….

그러자 선요는 무언가 재미있는 이야기라도 들었다는 듯한참을 키득거리기 시작했다. 고다는 망연한 얼굴로 그런 선요를 지켜보며, 그녀가 곧 맞닥뜨리게 될 갖가지 문제들을 상상하고 걱정하기 시작했다. 얼마지 않아 선요는 눈꼬리에 고인 눈물을 손끝으로 찍어내며 고다에게 말해주었다.

─장난이야. 다 알아.

그녀의 말을 이해하지 못한 고다는 다시 한번 멍청한 표정이 되었지만, 선요는 그 이상의 설명은 덧붙이지 않고 고다의 반을 유유히 빠져나갔다.

그날 오후, 고다는 선요가 교무실에 불려가 앉아 있다는 소식을 들었다. 같은 학년의 아이들 사이에선 이미 별의별 소문들이 왜곡되거나 과장되어 퍼지고 있었다. 그러나 선요는 그날 수업이 끝나는 시간에 맞춰 멀쩡히 교무실을 걸어 나왔고, 이내 하교하는 아이들 사이에 섞여 다시 어디론가, 집도 학교도 아닌 어디론가 사라졌다. 아무 일도 일어나지 않은 채 밤이 지났고, 아침이 왔고, 멍하니 등교를 하던 고다는 평소처럼 학교 근처에서 선요를 발견했다. 선요는 오락실의 게임기 앞에 앉아 화면 속 방울을 마구 터뜨려대고 있었다.

—안녕.

고다가 먼발치에서 인사했다.

—안녕.

선요가 고다에게 반갑게 손을 흔들어 보이며 인사했다.

고다와 선요에게 있어 그들이 누군가와 공식적으로 아는 사이가 된 일은, 특히 같은 동네의, 또 같은 학교의 아이를 알게 된 일은 말 그대로 사건이라 부를 수 있을 법한 종류의 경험이었다. 그들은 고작 아는 애 하나가 늘었다는 점만으로— 그들의 경우 0명에서 1명으로 대폭 늘어난 셈이었으나 어쨌거나—이전까지는 상상도 못 해온 일들을 마음껏 저지를 수 있게 되었다는 사실에 놀라워하지 않을 수 없었다. 그들은 우선 서로의 눈을 빌려 그들을 교실 안에 가둬두려 혈안이 된 선생들을 완벽히 따돌릴 수 있었다. 복도에서, 운동장에서, 후문에서, 정문에서, 가끔은 주차장의 차 뒤에서까지 어슬렁거리며 무언가를 발견해내려는 듯 집요하게 눈을 번뜩이던 그들을, 오래된 게임의 튜토리얼 속 허접한 몬스터를 대하듯 간단히 피해 갈 수 있었다. 요컨대 고다와 선요는 그들과 마주치지 않고도, 아까운 시간과 체력을 소모하지 않고도, 그들과의 싸움에서 매번 수월하게 승리를 거머쥘 수 있었다. 하여 그들은 교내의 모든 문을, 교정을 둘러싼 낮은 돌담을, 제 방의 문지방처럼 훌쩍 넘어 다닐 수 있게 되었다. 그들의 메신저 창 위로는 비슷비슷한 내용의 메시지들이 쌓여가고 있었다.

「온다.」

「간다.」

「있어.」

「없어.」

「지금?」

「응, 지금.」

「내가 전부 보고 있어.」

고다와 선요는 따로 또 같이 학교로부터 도망쳤다. 그리고 어슬렁거렸다. 별다른 목적 없이. 평소와 다르지 않게. 그러나 사실 그들은 그들을 둘러싼 거의 모든 것이 몰라보도록 달라졌음을 알았다. 모를 수가 없었다. 언젠가부터 그들은 돌담의 너머에서 그 안쪽으로, 다시 교문의 바깥에서 그 안쪽으로 슬그머니 숨어들게 될 순간만을 목이 빠져라 기다리고 있었으니까.

점심시간을 앞둔 복도의 풍경은 유독 고요하였다. 그 무렵엔 함부로 복도를 가로지르며 화장실을 오가는 아이들도, 별 이유 없이 이 반 저 반을 기웃거리며 느적느적 걷는 교사들도, 용도를 알 수 없는 비품들을 안아 든 채 계단을 오르내리는 외부인들도 잘 없었다. 그저 절반쯤 지나버린 4교시가 영원처럼 이어지고, 벽시계의 시침들은 꿈속처럼 움직이지 않고, 턱을 괴고 앉아 있는 모두가 천천히 눈을 깜빡이며, 몽롱한 적막으로부터 그들을 건져내줄 종소리를 기다리는 시간. 허기를 참지 못한 아이들은 진작 매점에 내려가 1,000원짜리 공장제 딸기잼 샌드위치와 흰 우유 한 팩씩을 먹어버린 뒤 이른 식곤증에 시달리는 시간. 강렬한 햇빛이 쏟아져 오렌지빛으로 물들어가는 교실과 달리 중앙의 복도는 더욱 어두워져만 가고, 그 위를 부유하는 고운 입자의 먼지가 바늘처럼 가늘고 예리한 빛줄기 속을 자유로이 통과하며 더없이 반짝이는 시간.

그리고 급식차들.

고다와 선요는 그즈음마다 스테인리스 재질의 급식차들이 각 교실 옆 복도에 하나씩 놓이게 된다는 것을 알았다. 그것들이 복도 끝의 비좁은 화물용 승강기를 통해 오르내리다, 어디선가 나타난 흰 가운의 여성들에 의해 차례차례 꺼내어져 옮겨진다는 점 역시도. 그러고 나면 어김없이 찾아오는 점심시간을, 고다와 선요는 질리지도 않고 매일같이 질색했다. 꼼짝없이 모두와 둘러 앉아 음식을 씹고 삼켜야 하는 그 시간을 피해, 지치지도 않고 매일매일, 유령처럼 학교를 빠져나갔다. 하지만 그럼에도 거대한 솥과 냄비에 한꺼번에 찌고 볶고 구워졌을 맵고 달큰한 채소들이, 방대한 양의 기름 속에서 순식간에 튀겨졌을 임연수 따위의 생선들이, 클로렐라 가루를 뿌려 색을 낸 녹색 쌀밥과 늘 그럴싸한 냄새를 풍기던 해물탕 따위의 국물 요리들이 궁금해지지 않는 것은 아니었다.

그러니까 어느 날 선요가 새것처럼 깨끗한 가방 속에서 커다란 밀폐 용기 두 개를 꺼내 보였을 때, 그러곤 그중 하나를 고다의 품에 안겨주었을 때, 고다는 작게 웃음을 터뜨릴 수밖에 없었다. 고다는 선요의 터무니없는 계획이 두말할 필요도 없이 완벽하게 마음에 들었다. 그날 그들은 근처의 편의점에서 일회용 숟가락과 젓가락을 잔뜩 챙겨 들고는 조심스레 담을 넘어 학교로 돌아왔다. 점심시간을 앞둔 학교의 복도는 고요하고 평화로워 보였으며 또한 무방비해 보였다. 1층 쪽문 앞에서 가위바위보를 한 고다와 선요는 소리 없이 계단을 뛰어 올랐다. 그들이 노리고 있던 곳은 4층 복도의 양측 끄트머리에 위치한 3학년 5반과 3학년 1반으로, 그 층에는 특별히 중앙 계단이 없었으며 그것이 있어야 할 자리에는 1년에 세 번도 사용하지 않는, 그리하여 대부분의 시간 동안 오가는 사람 없이 텅 비어 있는 소강당이 자리해 있었다. 고다가 좌측 계단에서 망을 보는 동안, 선요는 우측 계단을 등진 채 3학년 5반의 급식차를 열었다. 그러곤 철제 뚜껑들이 여닫히는 소리가 교실의 안으로 새어 들어가지 않도록 조심하며, 김이 모락모락 피어오르는 궁중떡볶이와 마늘종볶음, 진미채무침 따위를 밀폐 용기 속에 잔뜩 퍼 담기 시작했다. 아주 잔뜩. 무사히 할 일을 마친 선요가 밀폐 용기의 뚜껑을 닫고, 급식차를 원래의 모습으로 얌전히 돌려놓고, 우측 계단을 향해 천천히 걸어가는 것을 본 뒤에야 고다는 안도의 숨을 내쉬었다. 머지않아 주머니 속 휴대폰의 진동이 느껴졌다.

　「밥은 훔칠 수가 없겠어. 티가 나.」

고다는 반대편에서 자신을 바라보고 있는 선요에게 두어 번 고개를 끄덕인 뒤, 3학년 1반을 향해 걸음을 내디뎠다. 급식차 앞에 다다라 조심조심 문을 열고, 둥그런 국통의 뚜껑을 멍하니 쳐다보던 고다는, 한 차례 크게 심호흡을 한 뒤 그것을 활짝 열었다. 그러곤 들고 있던 밀폐 용기를 짙은 빛깔의 우거짓국 속에 참방, 담갔다. 바가지로 우물물을 퍼 올리듯. 용기의 절반가량을 국으로 채우는 데에 성공한 고다는 그것을 힘겹게 들어 올린 채 잽싸게 뚜껑을 닫았다. 국 속에 담겼던 용기의 표면과 고다의 오른손이 흥건히 젖어 있었다. 이래서 국을 푸기 싫었는데. 고다가 생각했다. 그때 복도의 반대편에서 선요가 콜록, 콜록, 두 번의 기침을 했고, 이어 고다의 쪽을 향해, 정확히는 복도 중앙의 소강당을 향해 한 걸음씩 다가왔다. 고다는 그제야 선요의 등 뒤에서 누군가가 걸어오고 있음을 인지했다. 고다는 황급히 급식차를 멀찍이 밀어내고 국으로 범벅이 된 밀폐 용기를 자신의 후드집업으로 둘둘 말아 안았다. 선요는 이미 가방 안쪽으로 밀폐 용기를 숨긴 모양이었다.

고다와 선요는 서로에게로 한 걸음씩 가까워졌다. 둘은 절대로 눈을 마주치지 않았다. 선요의 뒤를 따르던 체크무늬 셔츠의 남자 선생이 고다와 선요의 정수리를 번갈아 쳐다보고 있었기 때문이다. 고다는 걸음마다 자신의 품속에서 찰랑, 찰랑, 찰랑 소리를 내는 밀폐 용기를 더욱 단단히 끌어안았다. 소강당의 문에 가까워져갈수록 밀폐 용기를 감싼 후드집업이 축축이 젖어갔다. 그 안쪽의 블라우스 역시, 별 수 없이 따듯하게 축축해지고 있었다. 고다는 자신의 복부에서 풀풀 올라오는 짠내를 맡으며, 체크 셔츠 선생이 선요의 어깨를 낚아채는 순간을, 소강당의 문을 열어젖히는 자신의 목덜미를 말아 쥐는 순간을, 둘의 손목을 양손에 우악스럽게 나누어 쥐고 교무실의 문 앞으로 질질 끌고 가는 순간을 상상했다. 그 손에 붙들려 땀내 나는 가죽 의자에 앉혀진 그들에게로 가장 두려운 질문이 쏟아져내리는 순간을 상상했다. 두렵고 무자비한 질문들. 견뎌내야 하는 질문들.

그건 바로 왜, 라는 질문이었다.

대체 왜 그랬냐, 하는 것이었다.

그들로 하여금 길을 걷다 어느 집의 베란다에서 스르륵 떨어져 내린 두터운 이불에 온몸이 뒤덮이는 기분을, 휘감기는 기분을, 거대한 짐승의 입안으로 순식간에 집어삼켜지는 기분을, 칠흑 같은 암흑 속으로 삽시간에 빠져드는 기분을 느끼도록 만드는 마법의 단어. 왜, 혹은 어째서. 그 물음 앞에선 고다도 선요도 선뜻 입을 떼거나 다물 수 없었으므로, 그들은 매번 침울한 기분이 되어 우물거릴 수밖에 없었다. 모두의 관심이 그들에게서 자연스레 물러가주기를, 심심하고 따분하고 우울한 얼굴들이 어서 자라나 바쁘고 피곤하여 훌륭한 어른들이 되어주기를, 하여 자신들 따위는 거들떠볼 시간도 여유도 없는 이들이 되어 그들의 눈앞에서 썩 사라져주기를, 소망할 수밖에 없었다. 심심하고 따분해서 우울한 어른들이 어서 바쁘고 피곤하여 훌륭한 어른으로 자라나 자신들 따위는 거들떠보지도 않게 되기를 소망하는 것이었다.

다행히 그날 그들에게 그런 일은 일어나지 않았다. 고다는 선요보다 앞서 소강당의 문 앞에 도착했고, 무사히 그 문을 열어 강당의 안으로 성큼 발을 들였다. 문이 닫히는 찰나의 순간, 시야의 끝으로 살펴본 선요의 표정은 여유가 넘쳐 보였고, 아니나 다를까 닫혔던 문을 다시 열자 선요가 승리의 미소를 지어 보이며 붕붕 손을 흔들고 있었다. 고다와 선요는 강당의 벽면에 난 커다란 창의 폭 넓은 창틀 위로 뛰어올라 서로에게 몸을 밀착해 앉았다. 벽 전체를 가리고 있는 두터운 연녹색 커튼이 그런 그들을 가려주고 있었으므로, 절대 발각되지 않을 자신이 있었다. 그러나 체크 셔츠 선생은 별 생각 없이 그들을 지나친 듯했고, 소강당의 문을 다시 여는 자는 없었다. 한동안 무릎을 맞대고 숨을 죽이던 고다와 선요는, 주위가 완벽히 고요해지고 나서야 소강당의 바닥으로 풀썩 뛰어내렸다.

그들은 소리 없이 키득거리며 화장실로 달려갔다. 고다는 젖은 밀폐 용기를 물에 적신 화장지로 박박 닦았고, 새파란 오이 비누로 자신의 블라우스와 후드집업도 몇 번이나 빨았다. 그런 뒤 고다와 선요는 언제나처럼 수월하게 학교를 빠져나갔다. 그들은 근처 아파트의 옥상으로 올라가 각자 챙겨 온 것들을 아무렇게나 펼쳐놓고 허겁지겁 나누어 먹었다. 그들은 그들을 제외한 모두가 이렇게나 따뜻하고 향긋하며 만족스러운 식사를 하고 있었음에 적잖은 충격을 받았고, 다시는 점심시간에 길바닥의 개미 따위나 구경하며 주린 배를 부여잡고 있지 않기로, 문방구에서 산 200원짜리 달고나 사탕으로 허기를 달래지 않기로, 재미도 없는 오락실의 게임기를 붙잡고 배고픔을 잊으려 애쓰지 않기로 다짐했다.

— 다음부턴 집에서 밥을 미리 퍼 오자.

고소한 향이 나는 궁중떡볶이를 입안 가득 밀어 넣고 우물거리던 선요가 말했다.

고다는 플라스틱 숟가락으로 우거짓국의 건더기를 남김

없이 건져 먹으며, 몇 번이나 고개를 끄덕였다.

밥도둑들.

고다와 선요는 그들 자신을 그렇게 부르곤 했다.

그들은 실로 재능 있는 밥도둑들이었다. 그들은 매일매일 어디서든 밥을 훔쳐 먹었다. 집에서는 말 그대로 밥을 훔쳤고 학교선 국과 반찬을 훔쳤다. 그것들을 모아 집도 학교도 아닌 어딘가에서 맛있게 냠냠 먹었다. 그러면서도 그들은 절대 들키지 않았다. 그들은 밥을 훔치는 일이 너무 쉽다고 생각했고 실제로 그러했다. 너무 쉬웠던 나머지 고다와 선요는 학교 1층 구석에 위치한 조리실을 겁 없이 기웃거리기도 했는데, 머지않아 선요는 그 안까지 대범하게 발을 들이기 시작했다. 선요는 자신의 주름 없이 빳빳하고 깨끗하며 단정한 차림새의 교복이, 그녀를 잘 알지 못하는 어른들에게서 손쉽게 호감을 사는 데에 도움을 준다는 사실을 잘 알았다.

— 아주머니, 저희 반에 사과가 조금 모자란 것 같아요.

거대한 구름처럼 시야를 부옇게 가려놓는 조리실의 수증기 속에서 선요는 소리쳤다. 대답은 곧장 돌아오지 않았다. 수증기가 모든 사람과 사물을 숨겨 안고 있었다. 보이지 않는 곳에서, 크고 단단한 철제 식기들이 부딪치는 소리만이 얼마간 들려왔고, 이어 찰박, 찰박, 누군가 물 위를 걷는 소리가 들려왔고, 그러고도 얼마쯤 뒤에야 흰 가운의 여성들이 부스럭거리는 소리를 내며 선요의 앞으로 나타났다. 희뿌연 장막의 한가운데를 가르고 걸어온 그들은 몹시 친절한 얼굴로 선요의 모습을 살펴본 뒤, 남은 간식들을 선요의 품 안에 선뜻 안겨주었다. 조각조각 썰린 사과나 푸딩 컵 형태의 용기에 포장된 오렌지주스, 차갑게 얼린 홍시 같은 것들을, 필요 이상으로 잔뜩 말이다. 덕분에 고다는 선요와 함께 그 새콤달콤한 것들을 배가 터질 때까지 먹어댈 수 있었다. 그것들은 각 학급의 학생 수에 맞춰 정량만 배급되는 품목이라 그들이 쉽게 손을 댈 수 없는 것들이었다. 하나만 모자라도 금세 티가 나니까. 그들은 더 이상 바랄 게 없다고 생각했다.

봄은 완벽했다. 여름은 짜릿했다. 짧은 방학은 나른했고, 다만 배가 고팠으며 가을은 그럭저럭 괜찮았다. 이후 빠르게 떨어져가던 기온은 그들을 조금씩 불안하게 만들었다. 밥도둑들은 염치도 없이 어디에서나 밥을 잘 훔쳤다. 밥도둑들은 체면 차릴 것 없이 어디에서나 밥을 잘 먹었다. 그러나 그런 밥도둑들도 살을 에는 추위 앞에선 어찌할 도리가 없었다. 기어이 돌아온 겨울에 고다와 선요는 갈 곳이 없었다. 그들에겐 벽과 천장이 필요했는데 훔친 밥을 들고선 어디에도 들어갈 수 없었다. 그들은 그들에게 갈 곳이 없다는 사실을 그 겨울에 처음으로 실감했다. 그들의 손에 들린 밀폐 용기가, 그 안에서 이리저리 뒤섞인 음식들이, 누군가들에겐 더럽고 냄새나는 것이었음을 처음 알았다.

별 수 없이 고다와 선요는 모든 것을 중단하고 원래의 생활로 되돌아갔다. 고다는 만성 소화불량을 핑계로 보건실에 가 죽은 듯 잠을 잤다. 선요는 학교에서 10분쯤 떨어진 대형 서점의 공용 소파에 퍼지듯 앉아 휴대폰 게임을 했다. 점심시간이 끝나면 고다는 반으로 돌아가거나 돌아가지 않았고, 선요도 마찬가지로 학교로 돌아가거나 돌아가지 않았다. 그들은 똑같이 굶주린 채로 학교 밖에서, 또는 학교 안에서 마주치게 되었고 그럴 때면 도무지 무얼 해야 좋을지 알 수 없었다. 그래서 고다와 선요는 예의 그 소강당으로 숨어들어 연녹색 커튼 뒤에, 깊숙한 창틀 위에 무릎을 맞대고 앉았다. 그곳에서 창밖의 세상을 오래오래 내려다보거나 시답잖은 소릴 하며 키득대거나 서로의 휴대폰을 꺼내 들고 굳이, 문자 메시지를 주고받으며 끝말잇기를 했다.

「배고파.」

「파파야」

「야금야금」

「그게 뭐야?」

「비밀.」

「밀크티」

「티티새」

「새콤달콤」

「이건 뭐야.」

「비밀.」

「바―보」

　그런 그들의 머리 위에서, 몹시 높고 먼 곳에서, 느닷없이 아, 아, 하는 소리가 들려온 날이 있었다. 그날도 어김없이 휴대폰을 붙들고 서로의 무릎을 무릎으로, 팔꿈치를 팔꿈치로 쿡쿡 찔러대며 끝말잇기를 하던 고다와 선요는, 뒤이어 귓가에 꽂혀 들어온 날카로운 금속성 소음에 놀라 서로를 밀쳐내고, 각자의 귀를 힘껏 틀어막으며 강당의 천장을 이리저리 살펴보았다. 머지않아 소음이 잦아들었고, 아, 아, 누군가 목을 가다듬는 소리가 들려왔고, 이어 꽤 선명한 소리로, 짤막한 문장들이 강당의 스피커를 타고 송출되었다.

— 장선요 학생. 2학년 4반 장선요 학생. 지금 당장 교무실로.

고다는 놀란 눈으로 선요를 돌아보았고, 선요는 익숙하다는 듯 눈을 두어 번 깜빡이며 창틀에서 몸을 내렸다. 그때 선요의 입가엔 희미한 비소가 띄워져 있었다.

함께 계단을 내려가는 동안 고다는 선요에게 계속해서 물었다. 선요, 무슨 일이지? 무얼 했어? 너 무언가를 했어? 너에게 무슨 일이 일어났어? 선요야. 선요는 고다가 던진 질문들 중 그 무엇에도 대답하지 않았다. 대신 선요는 언젠가의 귓가에서 들려오던 유령과도 같은 목소리로, 흰 나비의 날갯소리와도 같은 희미한 속삭임으로, 고온의 촛농처럼 부드럽게 녹아내리는 발음으로, 무언가를 연신 중얼거렸다. 말을 알아들을 수 없던 고다가 숨을 죽이고, 귀를 기울이고, 그 속삭임에 가까이, 더 가까이 다가가려 노력하기 시작했을 즈음, 선요는 교무실의 문을 벌컥 열고 그 안으로 들어섰다. 그 문이 고다의 코앞에서 쿵, 하고 닫혀버렸다. 고다는 그 자리에 가만히 얼어붙은 채 선요를 기다렸다.

그것 말고는 할 수 있는 일이 없었던 것이다.

5분쯤 뒤, 선요가 문을 열고 다시 복도로 나왔다. 문틈 새로 교무실의 유리 탁자 앞에 둘러앉은 몇 명의 교사들과, 결코 학교의 내부인으로는 보이지 않는 차림새의 노파 하나가 설핏 들여다보였다. 때맞춰 4교시의 끝을 알리는 종소리가 들려왔고, 같은 순간, 닫혀가던 문을 잡고 선요의 담임이 불쑥 얼굴을 내밀었다. 그 탓에 고다는 거의 기함할 뻔했으나, 선요의 담임은 고다에게서 금세 관심을 거둔 채 선요에게 타이르듯 말했다.

— 반으로 가서 밥부터 먹고 있어. 부모님은 곧 도착하신다니까.

놀랍게도 선요는 그 말에 순순히 고개를 끄덕였다. 아주. 순순히. 그래서 고다는 선요가 정말이지 돌이킬 수 없는 짓을 저질러버린 게 분명하다고 생각했다. 아주 몹쓸 짓, 아주 못된 짓, 아주 끔찍한 짓을 저질러버렸으리라고 말이다. 대체 그게 뭐지? 뭔지는 몰라도 고다는 선요가 그 일을 뉘우치기 위해, 참회하는 뜻으로, 스스로에게 일종의 처벌—아이들이 삼삼오오 모여 침을 튀기며 밥을 먹는, 퀴퀴한 냄새가 나는 직사각형의 교실 안으로 걸어 들어가는 것, 그리고 그 안에서 밥을,

망할 밥을 우적우적 씹어 삼키는 것—을 내리려 하고 있는 것
이리라 확신했다.

선요는 결코 가볍지 못한 발걸음으로, 그렇다고 그다지 무
거워 보이지도 않는 발걸음으로 2학년 4반의 뒷문을 향해 걸
어갔다. 그러곤 닫혀 있던 뒷문을 지체 없이 밀어 열었다. 2학
년 4반의 아이들은 이미 급식차를 칠판 앞으로 끌어온 채, 철
제 식판 위로 정량의 밥과 반찬을 퍼 담는 중이었고, 본래 두
줄씩 세 분단으로 나뉘어 배열되어 있던 교실의 책상들은 아
이들의 입맛대로 이리저리 옮겨지고 돌려지고 붙여진 채, 몇
개의 거대한 덩어리를 형성하고 있었다. 교실 뒤편에는 남는
책상과 의자가 두어 개쯤 널브러져 있을 뿐이었다. 잠시 멈칫
하던 선요는 이내 자연스레 교실 앞으로 걸어가 식판 한 개
를 꺼내 들었다. 수저를 챙기고, 밥과 반찬을 퍼 담고, 국을 푸
고, 교실의 테두리를 빙 둘러 다시 교실의 뒤편으로 돌아와서
는 널브러져 있던 책상 하나에 자리를 잡고 앉았다. 그런 선요
를, 모두가 지켜보고 있었다. 소리 없이 쏟아지는 호기심 어린
시선들. 선요가 그것을 눈치채지 못할 리 없었다. 닫히지 않은
뒷문 앞에 멈춰 서 있던 고다조차도, 그 뜨거운 시선들을 온전
히 감각할 수 있었다.

선요는 깨끗한 숟가락의 끄트머리를 힘없이 쥐고, 투명한 뭇국을 휘적휘적 저었다. 선요는 그것을 전혀 입에 넣을 생각이 없어 보였다. 그러다 어느 순간, 선요는 고다를 향해 고개를 돌렸다.

— 같이 먹자.

선요가 말했다.

고다의 반은 2학년 1반이었다.

그러나 고다는 선요의 부탁을 거절할 수 없었다.

그날 고다와 선요는 2학년 4반의 교실 뒤편에서, 수평이 맞지 않아 덜컹거리는 책상 두 개를 앞뒤로 맞붙인 채 점심을 먹었다. 반짝이는 철제 식판에 한가득 음식을 담아, 반짝이는 철제 식기로 밥과 반찬을 푹푹 떠가며. 고다와 선요는 자신들이 그 교실을 차지한 거대한 덩어리들 사이에서, 작고 보잘것 없는 외딴 섬처럼 보이리라는 사실을 잘 알고 있었다. 그러나 그 점은 고다와 선요의 밥맛을 더욱 좋게 만들어줄 뿐이었다. 고다와 선요는 한 차례 식판을 깨끗이 비운 뒤, 교실의 앞으로 다시 달려 나가 남아 있던 음식들을 자신들의 식판에 모조리 쌓아 올렸다. 보랏빛이 도는 잡곡밥과 말랑거리는 청포묵무침을 무더기째 퍼 담고, 눅눅해진 단호박튀김의 아주 작은 부스러기까지 싹싹 긁어모으는 데에 성공한 고다와 선요는, 그들의 자리로 돌아가 아무런 생각 없이 그것들을 씹고 삼키는 데 집중했다. 그들은 마치 그 모든 것이 처음이라는 듯이, 새롭다는 듯이, 그러나 그 순간이 영영 돌아오지 않으리라는 것을 알고 있다는 듯이, 정말로 마지막이라는 듯이, 이미 빈틈없이 차버린 위장 속에 그 모든 것을 밀어 넣었다. 씹고, 삼켰다. 씹고, 삼켰다. 목이 막히면 물을 마시는 대신 뭇국을 식판째 들이켰다. 그들은 폭식하였다. 어쩌면 포식하였다. 교실은 너무나도 따뜻하고 안전해서, 배를 가득 채우고 나면 잠이 솔솔 올 수도 있을 것 같았다. 그러나 그들은 자꾸만 쫓기는 기분을 느꼈다.

고다는 블라우스 하단의 단추들을 풀며 선요에게 물었다. 너 대체 무얼 한 거야. 그러곤 입안의 음식들을 다시 우물우물 씹었다. 선요는 교복 치마의 지퍼를 티나지 않게 5센티쯤 내리며 대답했다. 만화책 훔쳤어. 그러곤 역시나 입안의 음식들을 우물우물 씹었다. 언제부터 훔친 거야. 고다가 물었고 음식을 우물우물 씹었다. 나도 몰라. 선요가 말했고 음식을 우물우물 씹었다. 그때 그것도 훔친 거야? 고다가 물었다. 우물우물 씹었다. 그렇게 낡아빠진 책을 훔친 거야? 고다가 물었다. 우물우물 씹었다. 선요는 고개를 끄덕이며 우물우물 씹었다. 우물우물. 선요는 한동안 말을 하지 않았다. 왜 훔친 거야? 고다가 물었다. 어김없이, 우물우물 씹었고. 한편 선요는 그 순간 우물우물, 거리는 것을 멈추고 고다의 얼굴을 올려다보았다. 그러곤 한참 씹고 있던 것들을 한 번에 모아 꿀꺽, 삼켰다. 고다는 순간 온몸이 얼어붙는 기분을 느꼈다. 그래도 고다는 멈추지 않고 씹었다. 우물우물. 간만에 입안을 돌아다니는 모든 음식의 조각들이, 그것들의 맛이, 너무도 다채롭게 황홀했으므로.

선요는 기침을 하듯 목을 가다듬고 늦게야 대꾸했다.

—훔칠 수 있으니까.

그러곤 다시 식판에 코를 박고 밥을 먹기 시작했다.

그때 고다는 어쩌면 선요가 그녀에게 던져지는 모든 종류의 질문에 같은 대답을 하리라는, 아니 아마 이미 오래전부터, 줄곧 그래왔으리라는 짐작을 할 수 있었다. 할 수 있으니까. 그럴 수 있으니까.

그들은 그날 배가 터지기 직전까지 밥을 먹었다.

그럴 수 있는 날이었으니까, 그렇게 했다.

음식은 금세 동이 났다. 점심시간은 신속하게 흘러갔다.

선요는 기다렸다. 누군가 자신을 불러일으키기를. 교무실로 끌고 가듯 데려가주기를. 고다는 기다렸다. 선요의 이름이 불리는 순간을. 그리하여 그녀를 뒤따라 좁아터진 교실에서 벗어날 수 있기를. 그러나 5교시가 시작될 때까지 선요의 부모님은 도착하지 않았다. 지루한 5교시가 끝나고, 5교시보다 지루한 6교시가 끝나고, 시계의 고장을 의심케 하는 7교시가 끝나고, 방과 후에 남아 청소를 하거나 공부를 하거나 축구를 하는 아이들마저 하나둘 학교를 떠날 때까지, 선요는 교무실에 불려가지 못했다. 때문에 곤란해진 쪽은 도리어 교무실에 앉아 있던 교사들과, 선요가 곳간처럼 드나들며 만화책을 훔쳐 대던 만화방의 노파였다. 그들은 어찌할 도리 없이 서로 민망한 표정을 주고받다가, 각자 휴대폰을 들고 선요의 모친에게, 또 부친에게 번갈아 전화를 걸다가, 꾸물꾸물 기어 올라오는 분노를 어른스럽게 잠재우다가, 결국 고개를 흔들며 일단 자리를 파했다.

선요의 부모님은 그로부터 한참이 지나서야 학교에 방문했다. 마침 기온이 높아 고다도 선요도 학교 밖으로 나가 이곳저곳을 기웃대고 있던 날이었다. 선요의 부모님은 선요가 없는 학교에서, 그때껏 선요가 만들어온 크고 작은 문제들을 말끔히 해결해주었다. 나아가 그들은 선요가 머지않아 저지르게 될 모든 잘못들을, 범하게 될 모든 실수들을, 미리 앞서 해결하고 양해를 구해두었다. 그건 일종의 허락이었으며, 한편으로는 선언이었다. 최악의 일이 벌어지지 않는 한, 다시는 선요의 일로 시간을 허비하지 않겠다는 선언. 그러니까 자질구레한 일들로 그들의 일상을 들쑤시지 말라는—그들은 이미 오래전부터 학교 측의 연달은 상담 문의로 골머리를 앓고 있었다—선언. 선요에 관해서라면 대체로 눈을 감아주되, 필요하다면 당신들이 원하는 대로 알아서, 적절히, 처리하라는 선언. 그들은 그런 이야기를 한 뒤 몹시 정중한 태도로, 교무실에 있던 모두에게 허리 숙여 인사한 뒤 학교를 빠져나갔다. 그 정중함이란 그들의 뻔뻔스러운 조치에 불쾌함을 느끼고 있던 모두로 하여금 아무런 지적도 할 수 없도록 만드는, 이상하리만치 강력한 힘을 지닌 것이었다.

덕분에 선요는 이전보다도 훨씬 더 자유로운 처지가 되었다. 선요는 뭐든지 할 수 있었다. 선요는 그녀의 부모가 드디어 그녀를 포기했다고 말했다. 포기당한 선요는 뭐든지 해도 되었다. 그래서 그렇게 했다.

겨울이 깊어갈수록 선요가 학교에 나오지 않는 날이 잦아졌다. 고다는 매일 저녁 자신의 출석 일수를 계산해가며, 다음 날 학교에 갈지 말지를 결정했다. 어쩔 수 없이 등교를 한 뒤엔 금세 학교를 나와버렸다. 그러곤 설탕 알갱이처럼 떨어져 내리는 눈을 온몸으로 맞으며 걸어다녔다. 매일매일 넋을 놓고 걸어다니다 보니 방학이었다. 그래서 고다는 걸어다니는 것마저 그만두었다.

　고다와 선요는 겨울방학에 거의 만나지 않았다. 다만 어느 날 고다의 집 앞엔 출처 모를 케이지 하나가 덩그러니 놓여 있었다. 고다는 그것을 발견한 직후 자신의 집으로 들였다. 그것이 선요가 자신에게 남긴 선물임에 틀림 없다고, 한 치의 의심 없이 믿어버릴 수 있었던 것이었다. 새것인 듯 깨끗하게 윤이 나던 케이지는 그것을 내려다보던 고다의 기운을 순식간에 압도할 만큼 커다랗고 견고했다. 그것은 고다의 가슴께까지 올라오는 높이의 3층짜리 사각 케이지였고, 1층의 한쪽 구석에는 영원히 비워질 수 없을 것처럼 빼곡하게 들어 찬 모이통이 고정되어 있었다. 그 거대한 궁전의 주인들은 각각 2층과 3층을 우아하게 차지한 채 꾸벅꾸벅 졸고 있었는데, 고다는 그것들의 연분홍빛 부리와 둥글게 말린 작은 발을 보며 생각하지 않을 수 없었다.

티티새.

이 애들이 바로 티티새구나.

고다는 선요로부터 온 새들에게 각각 티티 1호와 티티 2호라는 이름을 붙여주었다. 한 쌍의 티티새는 서로의 색을 나눠 가지는 걸까, 생각하며. 실제로 티티 1호와 티티 2호는 서로의 몸을 뒤덮은 주된 색을 각자의 몸에 작은 얼룩으로 지니고 있었다. 우윳빛 깃으로 온몸이 뒤덮인 티티 1호의 날갯죽지엔 거의 흰색에 가까운 푸른빛 얼룩이 있었고, 옅은 푸른빛 깃을 가진 티티 2호의 옆구리엔 엎지른 우유처럼 비정형적인 형태의 얼룩 하나가 자리 잡아 있었던 것이다. 티티 1호와 티티 2호의, 서로의 몸에 대신 뚫어둔 구멍과도 같이 보이던 그 얼룩들이, 서로를 거들떠보지도 않고 있던 그것들을 마땅히 한 쌍의 새로 여겨지게 했다.

한 주간 각종 대형 마트와 조류 전문 매장 들을 바쁘게 돌아다닌 고다는 티티 1호와 티티 2호가 지내기에 완벽한 환경을 그들의 커다란 케이지 안에, 또 고다 자신의 방 안에 훌륭하게 조성해낼 수 있었다. 홀로 매장을 빨빨거리는 고다를 귀엽다는 듯 쳐다보던 직원들이, 생각지도 못한 정보들을 알아서 줄줄 읊어준 덕분이었다. 그러는 사이 고다는 선요에게 묻고 싶은 것이 점점 많아졌다. 고다는 선요가 티티새의 다른 이름이 지빠귀라는 사실을 알고 있을지 궁금했다. 고다는 선요가 티티새의 울음소리가 종종 휘파람 소리처럼 들린다는 사실을 알고 있을지 궁금했다. 그 휘파람 같은 울음소리가 어느 밤에는 어느 여자의 울음소리로 변모하여 산속의 사람들을 놀래킨다는 사실과, 그러나 티티새는 그보다 자주, 다른 새들의 울음소리를 집어삼킨 듯 훌륭하게 흉내낸다는 사실, 늦겨울이면 까치도 아닌 것이 까치밥이랍시고 남겨둔 감을 모조리 먹어 치운다는 사실, 그런데, 그렇다는데, 정작 티티 1호와 티티 2호는 오직 쪼로록쪼로록 하는 소리로만 울고 있다는 사실을 알고 있는지 궁금했다. 무엇보다 고다는 선요가 자신에게 그 새들을 선물한 이유가 궁금했다. 쪼로록쪼로록 우는 티티새를 대체 어디에서 구해 와 선물한 것인지 궁금했다. 그래놓고 어째서 단 한 번의 연락도 없는 건지, 연락도 없이 지금, 대체 어디서, 무엇을 하고 있는 건지. 고다는 그런 것들이 참을 수 없이 궁금했다.

유독 바람이 매서운 날이면 고다는 선요의 집으로 갔다. 사람이라면 도무지 집 밖으로 나올 엄두를 내지 못할 것 같은,

그런 날이 오면 말이다. 선요의 집은 아담한 마당이 딸린 주택이었으며 마당의 주위로는 낮은 돌담이 둘러져 있었다. 고다는 그 돌담의 너머에서, 아마도 선요의 방으로 보이는 곳을 오래오래 건너다보았다. 그러나 선요는 좀처럼 모습을 드러내지 않았다. 때문에 고다는 원치도 않은 선요의 부모님을 여러 번 보았어야 했다. 그들이 예의 그 꼿꼿한 자세로 출근하고, 또 귀가하는 모습을 말이다. 그들의 곁에서, 선요는 발견되지 않았다. 발견되지 않는 선요에게 통 연락이 없었다. 결국 먼저 자존심을 굽히기로 마음먹은 고다는 선요에게 짤막한 문자 메시지 하나를 보냈다. 무언가 특별한 이야기를 적어 보낸 것은 아니었다. 고다는 케이지의 2층 한 편에 나란히 자리를 잡고 조는 티티 1호와 티티 2호의 사진 한 장을 첨부하며, 티티새는 잘 지내, 라는 말을 간단히 덧붙였을 뿐이었다. 선요는 고다의 긴 기다림이 무색해질 만큼 빠르게, 그러니까 고다가 문자를 보냄과 거의 동시에 답장을 보내왔다.

「그건 티티새가 아니야.」

「그럼 뭔데?」

「그건 잉꼬야. 말하자면 앵무새의 일종.」

고다는 선요의 마지막 문자를 뚫어져라 쳐다보며 헛웃음

을 지었다. 그때 고다는 마음속으로 은밀하게, 자신이 그때껏 만나 온 이름 모를 직원들을 모두 바보라고 부르고 있었는데, 곧 자신이 그들에게 자신의 새들에 대해, 그들의 생김새나 울음소리에 대해 한 번도 설명한 적 없다는 사실을 상기하게 되었으므로, 바보는 나다, 바보는 나다, 따위의 생각을 하며 조금씩 침울해지기 시작했다. 침대 위로 던지듯 휴대폰을 내려둔 고다는 창가에 놓인 케이지의 앞으로 천천히 다가갔다. 티티 1호와 티티 2호는 그 무렵 서서히 서로에게 가까운 곳으로 자리를 옮겨 가고 있었다. 종종 서로를 돌아보며, 부리를 크게 크게 벌려가며, 쪼로록 쪼로록 지저귀고 있었다. 고다만 알아들을 수 없는 언어로, 활기찬 대화를 하듯이. 고다는 손가락을 들어 케이지의 창살을 괜히 두들겨가며, 자신의 얼굴을 흘끔거리는 티티 1호와 티티 2호에게 말해보았다.

— 얘들아. 얘기 좀 해봐.

그러나 티티 1호와 티티 2호는 부리를 꼭 다문 채 고다의 얼굴을 불길하게 곁눈질할 뿐이었다.

— 티티 1호. 티티 2호. 말 좀 해봐.

고다는 조금 더 큰 소리를 내어 창살을 통통 두들겼다. 그러자 티티 1호와 티티 2호는 놀랍게도 딱 한 발짝씩을 내디뎌 서로에게로 다가갔다. 어라, 하고 무심코 말을 내뱉은 고다는 잠시 눈을 깜빡거리며 그런 티티 1호와 티티 2호를 살펴보다가, 어떤 결심을 내린 사람처럼, 마침내 자신의 할 일을 찾은 사람처럼, 두 눈을 반짝 빛내며, 본격적으로 창살을 두드리는 데 집중하기 시작했다. 고다가 더 큰 소리로, 더 짧은 간격으로 창살을 두드릴 때마다 티티 1호와 티티 2호는 슬금슬금 둘 사이의 거리를 좁혀갔다. 얼마지 않아 그것들은 한쪽 구석으로 함께 내몰린 채, 서로에게 어깨 한 쪽씩을 맞댄 채, 고다와 가장 먼 곳까지 멀어져 있었다. 흰자위가 가득 보이는 눈으로, 고다의 손끝을 경계하고 있었다. 고다는 그제야 케이지에서 손을 떼었다. 고다는 그 순간 티티 1호와 티티 2호는 진정 사이가 좋은 한 쌍의 잉꼬처럼 보였다. 잠시 침묵하던 고다는 아무도 대답하지 않는 허공에 대고 조용히 중얼거렸다.

─ 그래도 이름은 바꾸지 말자. 티티 1호. 티티 2호. 계속 그렇게 하자.

때맞춰 티티 1호가 작게 쪼로록 하는 소리를 내었다. 고다는 그것이 티티 1호의 티티 2호가 자신에게 내어준, 꽤 긍정적인 의미의 대답이리라 멋대로 결론지었다.

선요가 모습을 드러낸 것은 그로부터 한 달여의 시간이 더 지난 뒤의 일이었다. 심부름 겸 짧은 산책을 마치고 집으로 돌아가던 고다는 귓가에 들려온 익숙한 목소리를 따라 고개를 들었다. 무심코 주위를 살피던 고다는 얼마 뒤 자신의 정면에 위치한 4층짜리 건물 옥상에서 빼꼼 고개를 내민 선요를 발견했다. 그때 선요는 흰 목도리를 턱 밑까지 둘둘 말아 맨 채 고다를 향해 한쪽 손을 흔들어 보이고 있었는데, 고다는 그런 선요를 올려다보며 적잖이 당황했다. 고다는 동네에 하나뿐인 학원가를 지나치고 있었고, 거리에 즐비한 저가형 커피숍 중 한 곳 앞에 서서 차가운 딸기라테를 주문하는 중이었다. 선요는 바로 그 건물의 옥상에 서 있었고, 커피숍의 간판 위로 층층이 쌓인 듯 간판들애는 고다도 여러 차례 들어본 적 있는 유서 깊은 학원들의 이름이 적혀 있었다. 그 간판들과, 난간 너머로 언뜻 보인 선요의 커다란 백팩과, 선요의 손에 들린 먹다 만 초코바 하나가, 고다로 하여금 선요에게서 상당히 낯선 기운을 느끼게 했다. 고다를 아주 낯설고, 이상하고, 그다지 달갑지 않은 기분 속으로 잠겨들게 했다. 무심코 열어본 낡은 서랍 속에서 윤이 나는 사과 한 알을 발견한 것과 같은 기분. 깨끗한 백사장 위를 구르는 크고 새하얀 무를 마주한 것과 같은 기분. 지난밤 잃어버린 지저분한 운동화 한 짝이 어느 가게의 번쩍거리는 쇼윈도 너머에 전시되어 있고, 기묘한 기시감을 느끼며 천천히 그 앞을 걸어 지나칠 때와 같은 기분.

고다는 그런 기분에 휩싸인 채 머리 위의 선요를, 선요의 얼굴을, 그 얼굴 너머에 있을 무언가를 오래오래 응시하였고, 때문에 자신의 이름을 애타게 부르는 선요의 목소리를 몇 번이나 알아듣지 못하였다. 고다야, 고다야, 하고 참을성 있게 고다를 부르던 선요는 점점 더 난간에 밀착한 채로, 허리를 꺾고 상체를 숙인 채로, 조금씩 더 고다에게로 가까이 몸을 늘어뜨렸다.

— 야! 고다현!

끝내 소리쳤을 즈음, 선요는 난간에 반쯤 매달린 모양새가 되어 있었다. 고다는 그런 선요의 모습을 한 발짝 늦게 발견한 뒤 경악하는 얼굴로 양손을 허우적거렸다.

— 뭐야, 빨리 내려가! 위험하잖아!

그제야 선요는 키득거리며 난간으로부터 몸을 거두었고, 기다리라는 말을 남긴 채 옥상 끄트머리에서 모습을 감추었다. 선요가 건물의 계단을 나풀나풀 걸어 1층에 다다를 때까지, 고다는 쿵쿵거리는 가슴을 연신 부여잡으며 커피숍 키오스크 앞에 꼼짝없이 얼어붙어 있었다. 선요가 딱딱하게 굳은 고다의 어깨를 가볍게 밀치며, 얼굴을 들이밀 때까지, 모든 할 말을 잊어버린 채로 가만히 멈추어 있었다.

— 들어가자.

선요는 말했다.

고다는 자신도 모르는 새 두어 번 고개를 주억거린 뒤 선요를 따라 걸음을 옮겼다.

고다와 선요는 과육이 잔뜩 들어간 딸기라테를 한 잔씩 앞에 둔 채 마시는 둥 마는 둥 했다. 그러는 동안 선요는 고다가 묻지 않은 것들에 대해 잔뜩 말을 늘어놓았고, 고다는 유리잔에 꽂아둔 빨대에 조금씩 바람을 불어 넣으며, 보글거리는 연분홍색 라테의 표면을 감흥 없이 지켜보며, 선요의 이야기를 들었다. 그날 선요의 말은 유독 빠르고 두서가 없다. 선요는 마치 누군가에게 쫓기기라도 하는 듯, 아무렇게나 말을 내뱉었다. 어쩌면, 선요의 등에서 차가운 땀이 한 줄기쯤 흘렀을지도 모를 일이었다. 그 점에 대해 고다는 조금의 언급도 하지 않았다.

— 그래서, 방학 내내 학원을 다녔다?

— 응. 아침부터 밤까지. 국어, 수학, 영어, 과학…… 심지

어 논술까지.

선요는 손가락을 접어가며 수를 세다, 탁자 위로 풀썩 엎어지며 고다에게 눈짓했다.

— 나 기특하지?

— 응.

— 그럼 나 칭찬해줘.

고다는 손을 들어 선요의 뒤통수를 살살 쓰다듬어주었다. 그러곤 선요의 눈치를 살폈다. 선요는 반쯤 눈을 감은 채 기분 좋다는 듯 얌전하게 고다의 손길을 느끼고 있었다.

— 많이 바빴겠네.

— 응.

— 알겠어.

— 뭘?

— 그냥 다.

그 말에 선요는 슬며시 고개를 들어 고다를 올려다보았다. 그러곤 속삭였다. 거짓말. 선요는 입 모양으로 말하고 있었다. 그 소리 없는 말 한 마디에 고다는 마법에 걸린 것처럼, 나쁜 주술에 걸린 것처럼, 온몸을 뻣뻣하게 굳힌 채 선요의 입가에 눈을 고정할 수밖에 없었다. 그 입술 사이로 새어 나올 말들이 아직 더, 조금 더 남아 있으리라는 예감이 들었던 것이다. 고다는 선요가 다시 한번 입을 열어준다면, 고다의 거짓말에 대해 무언가를 더 집요하게 물어준다면, 기꺼이 자신의 모든 것을 줄줄 쏟아내어줄 자신이 있었다. 반대로 고다는 당장이라도 선요의 옷깃을 말아쥐어 앞뒤로, 양옆으로 세차게 흔들어줄 자신이 있었다. 선요가 입안에 물고 있는, 절대 녹지 않을 사탕 같은, 그러니까 언제까지고 이쪽 볼에서 저쪽 볼로 그저 굴러다니게 될 어떤 이야기들을 고다의 두 손 위로 퉤, 하고 뱉어낼 때까지, 지치지 않고 선요를 다그쳐줄 자신이 있었다. 그리하여 두 사람 모두를 같은 정도로 부끄럽게 만들어줄 자신이 정말로 고다에게는 있었다. 그러나 선요는 별다른 말 없이 고개를 돌려버렸다. 선요가 고다에게 다시, 소리 없는 속삭임을 들려주는 일은, 일어나지 않았다. 때문에 고다는 자신이 그날 아침에도 선요의 집 앞까지 찾아갔었다는 이야기를 선요에게 들려주지 못했다.

각기 다른 이유로 우울해진 고다와 선요 사이로 짧은 정적이 흘렀다. 적당히 화두를 돌릴 법한 곳을 찾아내었다. 그 정적을 깨고 먼저 말을 꺼낸 쪽은 선요였다.

—새들은 잘 지내?

— 응. 티티 1호랑 티티 2호.

— 걔네 잉꼬라니까.

— 그래도.

주섬주섬 휴대폰을 꺼내 든 고다는 선요에게 티티 1호와 티티 2호의 사진들을 하나씩 보여주었다. 티티 1호와 티티 2호가 언젠가부터 늘상 서로의 곁에 찰싹 붙어 있다는 이야기를 곁들이면서, 그 이야기가 어색해진 둘 사이의 분위기를 조금이나마 환기해줄 수 있기를 바랐다.

— 사이 좋아 보인다.

— 응. 집에서 물소리가 나면 쪼르륵쪼르륵 거려. 물소리를 좋아하는 것 같아.

— 그래?

— 응. 분무기로 물 뿌려 주는 것도 좋아해.

— 또?

— 음……. 아침엔 새장에서 꺼내서 날아다니게 해줘. 근데 잘 못 날아. 여기저기 부딪혀.

— 아, 그건 좀 위험하다.

— 그리고…… 가끔 부리를 활짝 벌리고 뽀뽀도 해.

— 말도 안 돼.

— 진짜야. 정말 키스하는 것처럼….

고다가 억울하다는 듯 고개를 이리저리 꺾어가며 과장되게 티티들을 따라해 보였을 때, 선요는 자신이 웃고 있다는 자각도 없이 비죽비죽 웃음을 흘리기 시작했다. 선요의 반응을 놓치지 않은 고다가 그 행위의 소리까지 정확하게 모사해내자, 선요는 누군가로부터 간지럼이라도 태워진 것처럼 급하게 웃음을 터뜨렸다. 제발 그만 좀 해, 라고 몇 번이나 고다를 나무라다, 정작 고다가 모든 걸 그만두자 더욱 크게 웃었다. 눈꼬리 끝에 눈물 방울까지 매단 선요를 황당하다는 듯 지켜보던 고다가 결국 선요를 따라 웃었다. 둘의 웃음소리가 길게 연장되었다. 그 모든 소리가 잦아들고, 사그라들었을 즈음, 고다는 천천히 숨을 고르며 이제 무슨 말을 해야 하지, 고민했다. 어쩐지, 무슨 말이든 해도 좋을 것이라는 예감이 들고 있었다. 마침 선요는 무언가 까끌거리는 것을 혀 밑에 숨겨둔 아이처럼, 어딘가 불완전한 미소를 지으며, 고다의 목소리가 들려오기를 기다리고 있었다. 그 앞에서 고다는 아주 잠시간 망설였을 뿐이었는데 그 틈을 타 커피숍의 안쪽으로 한 무리의 여학생들이 불쑥 들어섰다. 그들은 순식간에 왁자지껄한 말소리와 웃음소리로 공간을 채워갔고, 심지어는 선요에게 어,

하고 알은체하기까지 했다.

　—선요야, 여기서 뭐 해?

　그 소리에 퍼뜩 몸을 일으킨 선요는 급히 주위를 둘러보다 이내 자신을 부르는 친구들을 향해 어색하게 손을 흔들어보였다. 이어 스마트폰을 꺼내 시간을 확인한 선요는 뒷머리를 긁적이며 뜸을 들이는 듯한 자세를 취했다. 고다는 생각했다. 아직 보내면 안 돼. 그러나 고다는 아직 그 이유를 알지 못했다. 어째서 선요를 보내서는 안 되는지, 자신과 선요가 그곳에 앉아 어떤 이야기들을 더 나누어야 하는지, 그리고 그 이야기란 왜 꼭 오늘 이 시간에 나누어야만 하는 것인지, 평범하게 약속을 잡고 다시 만나면 되는 게 아닌지, 고다는 알지 못했다. 고다도 모르는 고다의 마음을 선요가 알 리는 없었으므로, 선요는 곧 자리에서 슬그머니 일어나 고다의 눈치를 살폈다.

　—그, 나 이제 슬슬 가봐야 해서.

　선요가 힘겹게 꺼낸 한마디에, 고다는 잠시 입을 벙긋거리다 물었다.

　—수업 때문에?

　—응, 곧 시작이야.

　커피숍의 입구에선 여전히 고다가 모르는 선요의 친구들

이 기묘한 눈빛으로 고다와 선요를 지켜보고 있었다. 그들은 고다가 어서 선요를 보내주기를, 선요가 어서 고다를 떠나 그들에게로 돌아오기를, 지루하게 기다리고 있었다. 순간 온몸에 진이 빠지는 것을 느끼며 두 눈을 감았다 뜬 고다는, 아무렇지 않다는 듯 미소를 지으며 선요의 등을 떠밀었다.

— 괜찮으니까 얼른 가봐.

— 응, 미안.

선요는 마지못해 가방을 챙기며 물었다.

— 혹시 이따 시간 돼?

— 이따 언제?

— 아홉 시쯤……. 수업이 그때 끝나서.

고다는 아무것도 할 일이 없었으므로 고민 없이 고개를 끄덕였다.

— 다행이다. 그럼 이따 여기서 다시 보자.

마지막 말을 남긴 선요가 쾌활한 웃음과 함께 고다에게서 돌아섰다. 고다가 모르는 친구들과 섞여 한 발 한 발 고다의 시야에서 사라져갔다. 커피숍에서, 고다는 두 잔의 딸기라테를 지그시 노려보았다. 그러곤 그중 하나를 들어 빠르게 홀짝이기 시작했다. 10분도 안 되어 두 잔의 딸기라테를 모조리 들이킨 고다는 자리에서 일어나 같은 음료를 한 잔 더 주문했다. 주문한 딸기라테가 다시금 고다의 앞에 놓였을 때, 고다는 배가 터질 것 같다는 생각을 하며 그것을 전보다도 빠르게, 허겁지겁 마셔 없앴다. 팽팽하게 부푼 배를 끌어안고 푹신한 의자에 기대어 앉자, 반대편 유리 벽에 반사된 고다의 얼굴이 보였다. 고다는 벽에 비친 자신의 얼굴을 유심히 들여다보다, 수염처럼 난 연분홍색 우유 자국을 손등으로 벅벅 문질러 닦았다. 입맛을 다셨다.

그날 밤 고다와 선요는 함께 학원가를 벗어나 인근의 하천가를 걸었다. 그들의 곁에서 물길은 넓어졌다 좁아지기를 반복하며 끝나지 않을 것처럼 길게 이어지고 있었다. 그러나 고다와 선요 모두 그 물길이 결국 도시 중앙의 거대한 인공 호수를 향해 흘러들 것이라는 사실을 알고 있었다. 고다는 선요가 그 호수를 중심으로 한 공원을 향해 자신을 데려갈 것이리라고 내내 생각하고 있었지만, 선요는 놀랍게도 얼마쯤 뒤 덜컥 걸음을 멈추었다. 물길의 폭이 두 뼘 정도로 좁아지는 곳이었다. 양옆의 물가에 죽은 수풀이 무성했고, 무언가를 짓다 만 것으로 보이는 콘크리트 자재들이 잿빛 수풀 사이사이에 널

려 있었으며, 고다와 선요의 머리 위로는 전철이 지나는 고가
선로가 새카만 밤하늘을 일직선으로 가로지르고 있었다. 고
다는 설명이 필요하다는 표정으로 선요를 돌아보았지만, 선
요는 어깨를 으쓱이며 버려진 폐타이어 위에 풀썩 주저앉을
따름이었다. 고다는 그런 선요를 의심스러운 눈길로 지켜보
다, 이내 선요의 곁에 함께 앉아버렸다.

　—추워.

　—나도.

　—여긴 왜 왔는데.

　—그냥.

고다는 맥없는 선요의 대답에 처음으로 선요를 쏘아보았
고, 선요는 그제야 멋쩍게 웃으며 덧붙였다.

　—나 여기 자주 오거든. 수업 끝나면.

　—집에 안 가고?

　—응.

고다는 선요에게 왜, 라고 묻지 않았다. 그러는 대신 주변
에 널린 돌멩이들을 모아 탑을 쌓기 시작했다. 탑을 쌓고, 무
너뜨리고, 다시 쌓고, 무너뜨리는 고다를 선요는 말없이 지켜
보기만 했다. 고다가 그 행위에 완전히 흥미를 잃고, 얕은 물

속으로 돌맹이들을 하나씩 집어 던지기 시작했을 즈음에야 선요는 천천히 몸을 움직여 멀리까지 내던져둔 가방을 집어 들었다. 그러곤 지퍼가 활짝 열린 가방을 뒤집어 바닥을 향해 탈탈 털어냈다. 선요의 가방 안에 들어 있던 것들이 차가운 흙 바닥 위로 일제히 쏟아져 내렸다. 고다는 당황스러운 심정으로 그 물건들을 하나하나 살펴보았다. 몇 권의 책과 학습지, 필통을 제외하면 학원이나 공부와는 전혀 관련이 없어 보이는 물건뿐이었다. 한 뭉치의 커피 맛 비스킷, 녹차와 둥굴레차 따위의 티백, 각설탕, 박스째 포장된 스테이플러의 심, 플라스틱 빨대와 나무젓가락, 딸기 크림빵, 맥주 맛 막대사탕, 누구의 것인지 모를 이름이 적혀 있는 전자사전, 라이터, 라이터, 라이터…….

이게 다 뭐야, 라고 묻기도 전에, 선요는 커피 맛 비스킷 두어 개의 포장지를 까 고다의 손에 들려주었다. 먹어. 선요가 말했고, 고다는 아무런 의식 없이 그것들을 한입에 욱여넣었다. 입안을 가득 채운 것들을 힘겹게 씹어 삼키자 선요는 반으로 나눈 크림빵을 다시 고다의 입가에 들이밀었다. 고다는 역시나 아무런 의식 없이 그것을 받아 물었다. 맛있어? 묻는 선요에게 고다는 순순히 고개를 끄덕여 보였다. 그러자 선요는 남은 반절의 크림빵을 우물우물 씹어 삼키기 시작했다. 그들은 말없이 빵을 먹어 치운 뒤, 바닥에 흩어진 수많은 비스킷과 사탕, 각설탕 따위의 먹을 것들을 하나씩 입안으로 집어넣었다. 달다, 이건 너무 달아, 따위의, 하나 마나 한 짧은 말들을 주고받기도 하며. 배 속이 더부룩하게 불러올 즈음엔 고다가 나무젓가락을 모조리 꺼내어 흙바닥에 하나씩 푹푹 박아 넣었다. 기둥처럼 세워진 젓가락 위에 다시 새로운 젓가락들을 가로로 얹어 올려 정육면체 형태의 뼈대를 만들자, 집이야? 하고 선요가 물었다. 고다는 자신이 만든 것을 곰곰이 들여다보고는 별생각 없이 고개를 끄덕였다. 누구 집인데? 선요가 다시 물었을 때, 고다는 발목을 긁적거리며 글쎄, 하고 대답했다. 그 후 고다와 선요는 약속이라도 한 듯 일시에 그 정육면체에서 시선을 떼고 어딘가 적당히 멀어 보이는 곳을 바라보았다. 사실 젓가락으로 지어진 손바닥만 한 집의 주인 따위엔 둘 중 누구도 관심이 없었기 때문이다.

선요는 얼마 뒤 바닥에 널브러진 쓰레기와 물건들의 틈바구니에서 전자사전 하나를 집어 고다에게 보여주었다. 고다는 무광의 은색으로 반짝이는 그것을 보자마자 이건 너무 비싸 보이는데, 라고 생각했다.

─자, 들어봐.

　─뭘?

　─수진이가 걔네 엄마 몰래 꽁꽁 숨겨놨던 보물.

　고다는 수진이를 몰랐다. 그러나 고다는 수진이에 대해 묻고 싶지 않았다.

　─하라는 공부는 안 하고, 맨날 이런 거나 담아 와서 읽더라고.

　짧게 말을 마친 선요는 한참을 홀로 키득거렸고, 웃음기가 가신 뒤엔 전자사전을 펼쳐 들고 무언가를 큰 소리로 낭독하기 시작했다. 고다는 선요의 입을 통해 내뱉어지기 시작한 문장들을 가만히 들었다. 그 문장들은 하나같이 과도하게 수식되어 있었고, 외설스럽기 짝이 없었고, 더러웠고, 때문에 고다는 그 문장들을 듣는 내내 귓가가 끈적거려오는 것만 같은 불쾌한 기분을 느껴야만 했다. 얼기설기 지어진 이야기 속에 등장하는 두 사람은 서로에게 끊임없이 혀를 낼름거렸다. 그들은 서로에게 끊임없이 침을 뱉었다. 그들은 서로에게 끊임없이 상처를 내었다. 그들은 서로에게 끊임없이 비명을 질러댔다. 동시에 그들은 서로에게 끊임없이 사랑을 고백했다. 고다는 그들의 사랑을 조금도 믿을 수 없었다. 고다는 멈추지 않고 들려오는 선요의 목소리를, 그로써 빠르게 고조되어가는 그 저질스러운 이야기를, 충분히 들었다 싶을 때까지 잠자코 앉아 있었다. 그러곤 선요가 잠시 숨을 고르는 틈을 타 잽싸게 경고했다.

— 그만해. 듣기 싫어.

고다는 그 순간 울려 퍼진 자신의 목소리가 전에 없이 진지하고 엄중하게 들린다는 생각을 했다. 익숙한 듯 낯선 목소리가 고다의 몸속에서 작게 메아리치며 천천히 소진되어가고 있었다. 선요는 그런 고다를 잠시 돌아보고, 장난스레 웃고, 다시 그 더러운 것을 입에 올렸다.

— 그만하라니까.

고다가 다시 한번 힘을 주어 말했다. 선요는 멈추지 않았다.

— 야!

고다는 소리치듯 말했다. 그제야 선요는 고다를 돌아보았다. 선요와 눈을 마주하던 고다는 곧, 선요의 얼굴이 그다지 즐거워 보이지 않는다는 사실을 깨달았다. 그때 고다는 처음으로, 배 속 깊은 곳에서 무언가 뜨거운 것이 부글거리며 끓어오르는 기분을 느꼈고, 자신의 상태를 채 확인할 새도 없이 거의 무의식적으로, 선요의 손에서 사전을 빼앗아 물길의 반대편을 향해 있는 힘껏 던져버렸다. 돌 틈 사이에 떨어진 전자사전은 크고 날카로운 소리를 내며 몇 번인가 튀어 오르다 반으로 쪼개져버렸다. 고다는 그중 한 쪽이 좁은 물길을 향해 굴러가 빠져버리고, 약한 물살을 따라 천천히 흘러가는 모습을 안타깝다는 듯 지켜보았다.

— 아, 아깝게.

선요가 입맛을 다시며 말했다.

— 저게 아까워?

고다가 물었다.

선요는 대답하지 않았다. 대신 선요는 다시 바닥에 털썩 주저앉았다. 그러곤 바닥을 굴러다니던 각설탕 하나를 집어 자신의 입안에 던져 넣은 뒤, 다른 하나의 포장지를 까 고다에게 건넸다. 고다는 한쪽 팔을 높이 치켜든 채로 자신의 발치에 누워 있는, 태평하기 그지없는 선요의 얼굴을 똑바로 내려다보며, 더 이상 참을 수 없겠다는 듯 물었다.

— 너 왜 자꾸 도둑질한 걸 나한테 먹여.

선요는 고다의 물음에 잠시간 말없이 고다의 얼굴을 올려다보았다.

— 왜 자꾸 도둑질한 걸 나한테 주냐고.

다시 물었을 때, 선요는 당연하다는 듯 짧게 대꾸했다.

— 맛있잖아.

— 맛없어.

— 그럼 말고.

이후 선요는 별수 없다는 듯 들고 있던 각설탕 한 알을 자신의 입안으로 밀어 넣고 우적우적 씹었다. 씹으면서 말했다.

— 도둑질이라니. 너무해.

— 맞잖아.

— 아무도 모르면 도둑질이 아니야.

— 내가 알잖아.

— 너만 알지. 너 말곤 아무도 몰라.

고다는 선요의 마지막 말에 무어라 더 대꾸를 하려다, 한 차례 크게 숨을 들이마시곤 입을 다물었다. 그 말에 자신이 어떤 식으로 반응해야 좋을지, 어떤 반응을 보여야 맞을지, 어떤 반응을 보이고 싶은 건지, 고다로서는 도무지 알 길이 없었기 때문이다. 그리하여 고다는 반응하기 대신 추궁하기를 택했다.

— 선요 너.

— 나?

— 어. 너 혹시 집에서 맞기라도 해?

— 엉?

— 너희 엄마 아빠가 너를 굶기기라도 해?

— 갑자기 무슨 소리야?

— 너희 엄마 아빠가 돈 안 줘? 어? 안 준대?

— 아니. 다 아니야.

— 그럼 도대체 뭔데?

— 뭐가?

— 왜 이러냐고.

— 그러니까 뭐가?

고다는 좀체 나아가질 않는 대화에 지쳐 입을 다물어버렸
다. 그런 고다에게 선요가 말했다.

— 나 멀쩡해.

— …….

— 너야말로 왜 그래?

고다에게 되물은 선요는 정말로 멀쩡해 보여서, 고다는 자
신이 애초에 선요에게 무엇을 묻고 싶었는지조차 모조리 잊
어버렸다. 그런 고다가 선요의 물음에 어떤 대답을 해야 할지
알 수 있을 리 없었다. 고다는 침묵을 지켰고 그러는 만큼 둘

사이의 정적은 길어져만 갔다. 무슨 말이라도 하자. 무슨 말이든. 고다는 몇 번이나 생각했다. 그러나 고다는 결국 아무런 말을 하지 않아도 되었다. 고다의 발치에 널브러져 누워 있던 선요가 몸을 반쯤 일으키며, 어어, 하는 소리를 내었기 때문이다.

고다와 선요는 일시에 한곳을 바라보았다. 선요가 검지를 들어 가리키고 있던 곳을 향해. 그때 물가와 떨어진 수풀 더미의 사이에서 부스럭거리는 소리를 내며 작은 사마귀 한 마리가 기어 나오고 있었다. 짙은 고동색으로 색이 바랜 사마귀는 돌이 섞인 흙길을 비틀비틀 걸어 고다와 선요의 가까이로 천천히 걸어왔다. 그것을 물끄러미 바라보던 선요는 홀린 듯 자리에서 일어나 고다를 돌아보았다. 그러곤 자신의 입술 앞에 검지를 들어 보이며, 고다에게 쉿, 하는 소리를 내었다. 그 직후 고다는 모종의 불안감을 느꼈으나, 명확한 이유는 알 수 없었다. 선요는 작은 나뭇가지를 집어 들고 사마귀의 곁으로 살금살금 다가갔다. 고다는 초조하게 시선을 옮기며 선요의 뒷모습을 지켜보았다. 어느새 선요는 사마귀와 정면으로 대치한 채, 앞다리를 활짝 벌리고 선요를 위협하는 사마귀에게 나뭇가지의 끝을 슬금슬금 들이밀고 있었다. 얼마간 쉬익 거리는 소리를 내며 톡톡 튀어 오르기만을 반복하던 사마귀는 결국 선요가 내민 나뭇가지의 끝을 꽉 깨물었고, 선요는 때를 맞춰 나뭇가지를 번쩍 들어 올렸다. 사마귀는 순식간에 낚여 공중에 데롱데롱 매달린 꼴이 되었다. 그 모습을 본 고다가 다급히 선요의 바짓자락을 말아 쥐었지만, 선요는 아랑곳 않고 걸음을 옮겼다. 그러곤 고다가 정육면체의 형태로 세워둔 나무젓가락들의 안쪽으로 사마귀를 살며시 내려놓았다.

— 이것 봐. 이제 여긴 사마귀네 집.

고다는 굳어버린 몸으로 선요가 내려놓은 사마귀를 꼼꼼히 살펴보았다. 사마귀는 조금 어리둥절해 보였지만, 뼈대뿐인 집 안에서 꽤나 아늑히 숨을 고르고 있는 듯 보였다. 그제야 고다는 온몸에 힘을 풀고 한숨을 내쉬었다. 맥이 풀리자 허탈한 웃음이 새어 나왔다. 고다는 헛웃음을 지으며 선요에게 말했다.

— 크기가 딱 맞네.

— 그치?

고다는 몇 번인가 고개를 끄덕이며 선요의 말에 동조했고, 등 뒤에서 희미하게 들려오는 선요의 숨소리를 들으며, 다시 한번 선요와 대화를 시도해야 한다는 생각을 했다.

— 있잖아.

고다가 운을 떼자마자 고다의 등 뒤에서 부스럭거리며 선요가 일어서는 소리가 들려왔다. 고다는 여전히 사마귀에게로 시선을 고정한 채 해야 할 말을 고르고 있었으므로, 자신의 등 뒤에서 달칵, 하는 소리와 함께 선요가 무엇을 주워 들었는지 보지 못했다. 으응, 하고 작게 대꾸한 선요가 사마귀에게로 다시금 다가가고 있는 이유가 무엇인지에 대해서도, 고다는 알 수 없었다.

　─아까 내가 한 말.

　─응.

또 한번 성의 없는 대꾸가 돌아왔을 때, 선요는 이미 사마귀에게 몸을 밀착한 채 웅크려 앉아 있었다. 결국 고다는 하려던 말을 잠시 미뤄둔 채, 선요에게 물을 수밖에 없었다.

　─뭐 해?

선요는 질문으로 대답했다.

　─재미있는 거 볼래?

　─무슨…….

고다의 말이 끝나기도 전에 달칵, 하는 소리가 다시 한번 들려왔고, 선요의 손끝에서 작고 환한 불빛이 반짝 새어 나왔다. 캄캄하던 일대가 일순, 새하얗게 밝아지고, 갑작스런 눈부

심에 고다의 눈이 반쯤 감겼다, 뜨였을 때, 마른 풀이 타오르는 것과 같은 매캐한 냄새가 희미하게 고다의 코끝을 스쳐 갔다. 반사적으로 몸을 일으킨 고다는 선요의 어깨 너머로, 이미 손을 쓸 새도 없이 번져버린 불길에 휩싸인 사마귀를 발견했다. 동시에 고다는 무력한 사마귀를 게걸스레 집어삼키는, 잘 익은 사과처럼 새빨갛게 타오르는, 끔찍한 불길이 선요의 동공에 비쳐 일렁이는 모습을 발견했다. 고다는 선요의 시야를 비스듬히 빗겨난 곳에서, 못이 박힌 듯 멈추어 꼼짝도 하지 못했다. 반쯤 타버린 사마귀는 죽지도 못하고 끊임없이 튀어 오르며 쌕쌕거리는 소리를 내었다. 비스듬히 건너다보이는 선요의 눈 속에서, 그 모습이 거울의 상처럼 거꾸로 맺혀 다시, 다시, 자꾸만 다시 재생되었다. 고다는 비명을 지르고 싶다고 생각했다. 한편으로 고다는 그 모습을 다시, 다시, 계속해서 다시 바라보고 싶다고 생각했다. 저 불길 속으로 빨려들고 있는 것은 바로 나, 라고 생각하고 싶었다. 그러나 어느 순간, 으, 으, 하는 선요의 신음 소리가 들려왔으므로, 고다는 꿈에서 깨어나듯 번쩍 눈을 뜨고 달려가 선요를 있는 힘껏 밀쳐냈다. 그러곤 불타는 사마귀와 검게 그을리고 있는 나무젓가락들을 한 번에 짓밟아버렸다. 쿵쿵 소리가 나도록 발을 구르며, 몇 번이고 짓이겨진 사마귀와 무너진 나무젓가락을 밟고 또 밟았다. 이미 꺼져버린 불꽃이 언제라도 다시 타오를 수 있다는 듯이, 밟고 밟고 또 밟았다. 선요는 수풀 위에 나동그라진 채 그런 고다를 뚫어져라 쳐다보았다. 선요는 고다의 발길질이 서서히 잦아들고 나서야 엉덩이를 털며 자리에서 일어났다. 흙투성이가 된 선요는 고다의 곁으로 비척비척 걸어오며 중얼거렸다.

— 라이터는 아직 한 번도 안 써봤단 말이야.

도무지 믿을 수 없는 선요의 말에 고다는 뒷목이 타오르듯 뜨거워지는 것을 느끼며 고개를 돌렸다. 선요의 멱살이라도 거세게 붙잡고 이게 대체 무슨 짓이냐고 소리라도 빽 질러볼 작정이었던 것이다. 그러나 고다는 어딘가 초조해 보이는 듯한 선요의 표정을 알아차리지 않을 수 없었고, 같은 순간 귓가에 울리는 바람 소리 같은 속삭임을 알아듣지 않을 수 없었다.

실수하지 마. 실수하면 안 돼.

결국 고다는 아무것도 쥐지 못한 채 허공에 어색하게 떠버린 한 손을 허벅지 옆으로 늘어트릴 수밖에 없었다. 고다와 선요는 마주 선 채로, 그러나 서로의 얼굴로부터 시선을 내리깐 채로, 오래도록 침묵하였다. 긴 침묵 끝에 먼저 입을 연 쪽은 고다였다. 고다는 머릿속이 터져버릴 것 같은 기분을 느끼며, 두 눈을 질끈 감았다 떴고, 이내 차분해진 목소리로 선요에게 물었다.

—선요야. 너 무슨 일 있었어?

그러나 다시 마주 본 선요의 표정 속엔 아무것도 담겨 있지 않았다. 선요는 아무것도 담겨 있지 않은 목소리로, 느릿느릿 대답했다.

—아니. 아무 일도 없었어.

—그래.

고다는 그 길로 뒤를 돌아 걸음을 옮겼다. 한 걸음씩, 선요에게서 먼 곳으로. 너무나 멀어서 더 이상 선요의 모습이 보일 수 없을 곳까지. 충분히 멀리 왔다는 생각이 들었을 즈음 고다는 딱 한 번 뒤를 돌아보았다. 예상대로, 선요의 모습은 보이지 않았다.

그날 집으로 들어선 고다는, 뒷모습으로 거실 탁자 앞에 앉아 있던 엄마를 보았다. 고다의 엄마는 TV 속에서 흰 공을 쫓아 달리는 수십 명의 이름 모를 사람들을 멍하니 쳐다보고 있었다. 고다는 그녀의 뒷모습에 대고 물었다.

—엄마. 나도 학원 다닐까?

고다의 엄마는 뒷모습으로 되물었다.

— 갑자기 왜?

사람들이 여전히 공을 쫓아 달리고 있었다. 그 모습에 모든 의욕을 잃어버린 고다는 조용히 방으로 들어가 문을 잠갔다.

선요에게선 종종 연락이 왔다. 들여다보면, 그날 밤의 일을 까맣게 잊어버리기라도 한 듯 너무나 일상적인 내용의 메시지들뿐이었다. 고다는 그럴 때마다 도무지 영문을 모르겠다는 심정으로 선요의 연락을 무시했다. 특별한 이유가 있었다기보다는, 그 메시지들에 어떤 답을 해야 좋을지 알 수 없었을 뿐이었다. 그래서 고다는 답을 하지 않았다. 그뿐이었다.

고다는 종종 밤 산책을 나섰다. 크고 두꺼운 검은 옷 속에 온몸을 깊숙이 파묻은 채로, 희부연 입김을 내뿜으며 정처 없이 동네의 길가를 걸어 다녔다. 그러다 보면 고다는 종종 일전의 물가에 도착하기도 했다. 그곳의 근처를 유령처럼 떠돌다 보면 종종 선요가 보였다. 선요는 대체로 홀로, 때로는 같은 학원의 친구들로 보이는 여자애들과 함께, 그곳에 있었다. 홀로 있을 때의 선요는 가만히 앉아 가방에서 꺼낸 작은 간식

들을 천천히 까먹었다. 고다가 모르는 여자애들과 함께일 때
의 선요는, 고다가 모르는, 낯설고 기묘한 소리로 많이 웃었
다. 그 웃음소리 사이로 종종 쨍하고 부딪히는 유리병들의 소
리가 났고, 무언가를 깨거나 부수는 소리가 나기도 했으며, 가
끔은 그들 중 누군가가 소리를 지르며 울기도 했다. 어쨌거나
선요는 무언가 좋지 않은 일을 하고 있는 것이 분명해 보였다.
그런 날이면 고다는 무력한 기분으로 집에 돌아와 티티 1호와
티티 2호를 지켜보았다. 손끝으로 케이지의 창살을 탕, 탕, 소
리 내어 두드리며 티티 1호와 티티 2호를 놀래켰다. 그러다 별
안간 티티 1호와 티티 2호를 작은 상자로 옮겨놓은 뒤 케이지
를 들고 욕실로 들어섰다. 세제와 수세미를 들고 티티 1호와
티티 2호의 배변물로 범벅이 된 케이지를 박박 닦은 뒤엔, 깨
끗해진 케이지에 티티 1호와 티티 2호를 도로 들여놓은 채 턱
을 괴고 그것들을 쳐다보았다. 그러곤 전보다 더 세게, 큰 소
리로, 창살을 두드렸다. 두드림을 넘어서, 힘껏 내려치고 있다
는 자각이 들 때까지. 그로써 고다는 자신이 무언가 나쁜 일
을, 그러나 용납 불가능할 정도는 아닌, 아주 조금 나쁜 일을
저지르고 있는 기분을 느낄 수 있었다. 그때마다 티티 1호와
티티 2호가 서로에게 달라붙어 벌벌 떨고 있었다. 그런 그들

의 모습이 고다의 기분을 더욱 만족스럽게 해주었다.

그런 일들조차 기분을 나아지게 해주지 못할 때면 고다는 홀로 침대에 누워 중얼거렸다.

─촛농. 농. 농구공. 공. 공상. 상. 상처. 처. 처. 처벌. 벌. 벌레. 레. 레몬. 몬. 몬. 몬······.

홀로 하는 끝말잇기는 끔찍하리만큼 재미가 없었으므로, 고다는 곧 모든 것을 그만둔 채 조용히 잠을 자기 시작했다. 그러는 사이 얼마 남지 않은 방학이 빠르게 끝나갔다.

개학을 일주일 앞둔 아침, 고다는 평소처럼 잠에서 깨어나 가만히 천장을 들여다보았다. 가족들은 이미 출근을 했거나 외출을 한 뒤였으므로, 집 안은 쥐 죽은 듯 고요했다. 고다는 고요하다, 너무 고요하다, 는 생각을 하며 다시금 눈을 감고 이불 속으로 파고들었다. 그때 고다는 포근한 이불로 온몸을 휘감은 채, 아주 좋은 꿈을 꿀 수 있을 것만 같은 달콤한 기분을 느끼고 있었는데, 얼마 뒤엔 무언가 이상하다는 생각을 하며 퍼뜩 두 눈을 뜨게 되었다. 너무 고요하다. 평소보다도 너무 고요해. 고다는 침대에서 일어나 주위를 한 차례 크게 둘러보았다. 날이 흐렸고, 때문에 고다의 방 안은 새벽처럼 컴컴했다. 고다는 뻑뻑한 눈을 비비며 창가에 놓인 케이지의 앞으로 천천히 걸어갔다. 그러곤 자신을 똑바로 바라보고 있는 티티 2호와 두 눈을 마주하였다. 티티 2호는 평소처럼 어딘가 불안한 눈빛으로 고다를 곁눈질하고 있었다. 고다는 그런 티티 2호에게 안녕, 하고 인사한 뒤에야 케이지의 바닥에 누운 티티 1호를 발견할 수 있었다. 고다는 케이지의 창살을 통통 두드리며 티티 1호를 깨웠다. 새도 누워서 잘 수 있나, 생각하며. 티티 1호, 티티 1호, 티티 1호. 티티 1호의 이름을 세 번쯤 부른 뒤에야 고다는 무언가 잘못되었음을 깨달으며 케이지의 문을 열었다. 이후 케이지의 안쪽으로 손을 넣어 티티 1호를 집어 든 고다는, 자신도 모르게 티티 1호의 몸을 던지듯 내려놓았다. 손끝에 닿은 티티 1호의 몸이 너무나 딱딱하고, 차갑게 굳어 있던 탓이었다.

황급히 티티 1호의 몸을 주워 든 고다는 한쪽 귓가에 티티 1호의 가슴팍을 바짝 붙인 채 숨을 죽였다. 쿵, 쿵, 하는 티티 1호의 심장 소리가 늦게라도 분명히 들려오리라 생각했던 것이다. 그러나 티티 1호의 몸에선 아무 소리도, 작은 바람이 새어 들거나, 새어 나가는 소리도, 정말이지 아무런 소리도 들려오지 않았다. 고다는 티티 1호의 몸을 탁자 위에 내려놓은 채, 언젠가의 기억을 되살려 1분에 100회씩, 티티 1호의 가슴께를 압박하기 시작했다. 그러나 고다는 이미 알고 있었다. 티티 1호는 이미 완벽히 죽어버렸으며 자신이 그 죽음에 일말의 가담을 했으리라는 사실을 말이다. 얼마 안 가 고다는 자포자기한 상태로 방바닥에 주저앉아, 티티 1호의 사체를 멍하니 바라보았다. 그러곤 참담한 심정으로 휴대폰을 들어 선요에게 메시지를 남겼다. 그때껏 연락을 피해 온 사실이 무색해지도록 간단하게.

「미안해.」

선요의 답장은 거의 곧바로 돌아왔다.

「뭐가?」

「티티 1호가 죽었어. 내가 죽인 것 같아.」

「괜찮아?」

「정말 미안.」

「왜 나한테 사과를 해?」

「네가 주고 간 애니까.」

마지막 메시지를 보낸 직후 선요에게서 전화가 왔고, 고다는 아무런 기력도 없이 그 전화를 받았다.

— 무슨 소리야?

— 정말 미안. 할 말이 없어.

— 아니. 난 너한테 그런 거 준 적 없는데.

그 말에 고다는 머릿속이 차갑게 식어가는 것을 느끼며 전화를 끊었다. 그럼 얘네는 대체 누구의 새지? 고다는 서둘러 자문했다. 그러나 그 질문의 답을 고다가 알아낼 수 있을 리 만무했다. 고다는 부르르 몸을 떤 뒤 티티 1호의 사체를 방바닥에 남겨둔 채 침대의 위로 기어 올라갔다. 그러곤 두터운 이불로 몸을 둘둘 말고 메마른 눈가를 꾹꾹 눌러가며 오지 않는 잠을 청했다. 침대 밑에 떨어진 스마트폰에서 벨 소리가 울리다, 잦아들고, 울리다, 잦아들기를 반복했다.

일주일 동안 고다는 침대 위에서 거의 내려오지 않았다. 방문을 잠그고, 창가의 블라인드를 내려둔 채, 자다 깨고 자다 깨기만을 반복했으며, 배가 고프면 침대맡에 둔 커다란 생수 한 병을 들어 마신 뒤, 아주 가끔씩만 문을 열고 나가 화장실을 다녀왔다. 그때마다 고다는 방바닥에 방치된 티티 1호의 사체와 눈을 마주치지 않으려 부단히 노력했다. 감기지 않은 티티 1호의 눈을 볼 때마다, 자신이 누군가의 새를 훔쳐 와 죽였다는 사실을 재차 확인하게 되었기 때문이다. 고다는 그 모든 가능성을 흰 이불로 덮어 가려두었다. 그럼에도 고다는 매

순간 코를 킁킁거리기를 멈출 수 없었다. 차가운 방바닥에 놓인 티티 1호의 사체가, 언제고 썩어 들어가기 시작할 수 있다는 불안에서 비롯된 버릇이었다. 고다는 썩어 반쯤 형체가 물크러진 티티 1호의 사체를 옮기는 일과, 여전히 시퍼렇게 눈을 뜨고 있는 티티 1호의 깨끗한 사체를 옮기는 일 중 어느 쪽이 더 나을지에 대해 매일 밤 저울질했다. 그러나 고다는 언제나 둘 중 무엇도 택하지 못한 채 눈을 감아버릴 수밖에 없었다.

그러던 어느 오후엔 잠가둔 문밖에서 소란스러운 소리가 웅웅거리며 들려왔다. 누군가 초인종을 연신 누르는 소리가 들렸고, 이어 알아들을 수 없는 말소리가 연신 오고 갔다. 얼마 뒤 고다는 집 안을 울리는 미세한 진동으로 현관문이 열렸다 닫혔음을 알아차렸다. 고다는 본능적으로 침대 구석에 몸을 웅크린 채 문밖을 향해 신경을 곤두세웠는데, 이내 들려온 목소리엔 별수 없이 긴장을 풀 수밖에 없었다.

— 나야. 문 좀 열어봐.

고다는 울 것 같은 기분으로 소리쳤다.

— 싫어. 그냥 가.

— 열어보라니까.

— 싫어…….

이후로도 몇 번이나 끈질기게 문을 두드리던 선요는, 잠시 말을 멈추고 침묵하더니 한층 선명해진 목소리로 말했다.

—새 주인 누군지 알아냈어.

고다는 그 말에 황급히 몸을 일으켜 닫힌 문의 앞으로 달려갔다. 굳게 닫혀 있던 문을 활짝 열자, 선요는 안도하듯 천천히 눈을 깜빡이고는 고다를 향해 웃어 보였다. 이어 선요는 굳어 있는 고다를 지나쳐 고다의 방 안으로 성큼성큼 들어섰으며, 곧장 창가를 향해 걸어갔다. 선요가 블라인드의 로프를 가볍게 당기자, 아직 다 지지 않은 햇빛이 방 안으로 일제히 쏟아져 들어왔다. 그로써 가장 환해진 곳에, 티티 1호의 사체가 놓여 있었다. 선요는 그 앞에서 천천히 무릎을 꿇어앉았고, 이내 티티 1호의 사체를 조심스레 품에 안아 들었다. 고다가 무심코 코를 킁킁거리자, 선요는 괜찮다는 듯 말해주었다.

— 아직 썩지 않았어.

그제야 고다는 긴 숨을 내쉬며 선요의 곁에 스르륵 주저앉았다.

선요는 그간의 일들을 빠르게 읊어주었다. 고다가 사는 빌라의 모든 세대를 돌아다니며 3층짜리 케이지와 두 마리의 잉꼬에 대해 조사했던 일과, 특히 의심이 가던, 고다네 옆집의 한 꼬맹이를 몇 번이나 찾아가 어르고 달래가며 추궁했던 일에 대해서 말이다.

— 결론은, 엄마가 버리래서 버린 거래.

— 옆집 꼬맹이가?

— 응.

고다는 티티 1호의 죽음에 슬퍼하며 자신을 저주할 사람이 없다는 사실에 안심했고, 동시에 참을 수 없이 쓸쓸한 기분을 느꼈다.

— 그래도 내가 죽인 건 안 변해.

— 맞아.

— 내가 티티 1호를 죽였어.

— 나는 사마귀를 죽였고.

— 나는 쓰레기야.

— 우린 쓰레기야.

— 우린 끔찍해.

— 우린 더러워.

— 우린 살인마야.

— 우린 범죄자야.

— 우린 망해야 해.

—우린 없어져야 해.

—우린 벌을 받아야 해.

—온몸을 갈기갈기 찢어버려야 해.

—아주 갈기갈기 찢어발겨야 해.

—맞아.

—그래도 티티 1호는 묻어줘야 해.

—맞아.

고다와 선요는 동시에 고개를 끄덕이며 몸을 일으켜 세웠다. 그들은 집 안을 뒤져 적당한 크기의 상자를 찾아내었고, 작고 부드러운 수건으로 티티 1호를 감싸 그 안에 넣었다. 상자를 품에 안은 고다는 겉옷을 단단히 챙겨 입으며 선요에게 말했다.

—이제 티티 1호를 묻으러 가자.

선요는 이미 현관에서 신발을 고쳐 신고 있었다.

고다와 선요는 익숙한 길을 따라 걸었다. 그들의 곁으로 흐르는 물길은 그들의 걸음을 따라 넓어졌다 좁아지기를 반복하며 길게 이어지고 있었다. 영하였으므로, 물의 수면은 얇게 얼어 있었다. 그러나 고다와 선요는 그 위로 뛰어들어 얇은 얼음을 밟아 깨뜨리지 않았다. 그들은 다만 그 옆의 길을 조용히 걸었다. 익숙한 풍경이 고다와 선요의 곁을 차례차례 지나쳤다. 그들이 일전의 고가선로의 아래에 다다랐을 때엔, 그날의 마지막 전차가 둔중하게 땅을 울리며 그 위를 지나쳤다. 그제야 고다와 선요는 그들이 이야기를 나누는 사이 생각보다 많은 시간이 흘러버렸으며, 해는 진 지 오래이며, 이미 저녁보다는 밤에 가까운 시간이 되었다는 사실을 깨달았다. 고다와 선요는 더는 지체하지 않고 수풀 사이의 흙바닥을 맨손으로 헤집으며, 무언가를 파묻을 수 있을 만큼 부드러운 땅을 찾아 헤맸다.

— 고다, 여기로 하자.

선요가 뺨에 흐르는 땀을 겉옷 소매로 닦아내며 말하자 고다는 고개를 주억거리며 선요의 곁으로 다가가 앉았다. 고다와 선요는 한참을 걸려 땅을 파내었다. 양손이 모조리 흙투성이가 되고, 돌에 스친 손등의 곳곳에 상처가 났을 즈음, 그들은 마침내 티티 1호가 담긴 상자가 온전히 들어갈 깊이의 구덩이를 만들어낼 수 있었다. 고다는 흙이 묻은 손으로 얼굴의 땀을 문질러 닦은 뒤, 수풀 사이에 내려놓았던 상자를 조심스레 집어 들었다.

— 넣는다.

말했을 때, 선요는 잠깐, 이라고 외치며 주위를 두리번거렸다. 고다는 선요를 가만히 기다려주었다. 선요는 물가 주변을 천천히 걸어 다니며 무언가를 찾고 있는 듯 보였는데, 시간이 흐른 뒤엔 결국 빈손인 채로 고다의 곁으로 돌아왔다.

— 뭐 찾아?

— 아냐. 넣자.

고다는 잠시 선요의 얼굴을 살피다 별다른 대꾸 없이 상자를 구덩이 속에 집어넣었다. 고다와 선요는 각자 두 손을 얼굴 앞으로 합장하며 잠시 눈을 감았다. 짧은 기도를 마친 뒤엔 약속이라도 한 듯 신속히 구덩이를 메우기 시작했다. 차가운 흙이 한 줌씩 상자의 위로 덮여갔고, 얼마지 않아 상자는 검은 흙 속에 파묻혀 흔적도 보이지 않게 되었다. 고다와 선요는 구덩이를 완전히 메운 뒤 그 위로 발을 구르며 단단히 땅을 다졌다. 고다와 선요는 상자가 묻힌 곳으로부터 한 발짝씩 떨어져서 그곳을 물끄러미 내려다보았다.

— 아무 일도 없었던 것 같아.

선요가 말했다.

— 그러네.

고다가 대답했다.

고요하던 땅이 둔중하게 울리기 시작한 것은 고다와 선요가 숨을 고를 겸 수풀 사이에 널브러져 누워 있던 중의 일이었다. 선요보다 먼저 그 울림을 기민하게 알아챈 고다는 순식간에 상반신을 일으켜 선요를 돌아보았다. 그즈음 다시 한번 우르릉, 소리를 내며 땅이 울렸으므로, 그때껏 아무것도 모르고 있던 선요 역시 튀어 오르듯 자리에서 일어나지 않을 수 없었다. 엉거주춤한 자세로 일어선 고다와 선요는 동시에 서로를 돌아보았다. 이후 그들은 고개를 한껏 꺾어, 그들의 위를 가로지르는 고가도로를 올려다보았다. 마지막 열차는 이미 한참 전 그곳을 지나친 뒤였다. 이게 무슨 소리지, 고다와 선요의 머릿속에 같은 의문이 떠올랐다. 그러나 고다와 선요는 그런 물음을 서로에게 던질 필요가 없었다. 얼마쯤 뒤 길가 너머의 한 술집에서, 무언가 쏟아지고 깨어지는 듯한 엄청난 소음이 너무도 선명하게 들려왔기 때문이었다.

고다와 선요는 한껏 귀를 기울인 채 들려오는 모든 소리를 들었다. 무언가 부서지고 깨지는 소리. 근처의 땅을 울릴 만큼 커다란, 수많은 사람의 뜀박질 소리. 이어지는 비명 소리. 아마도 수십 명의 입을 통해 일제히 쏟아져 나오는, 길고 끔찍한 비명 소리. 고함 소리. 흐릿한 반투명 시트지 너머로 새어 나오고, 퍼져 나가는 붉은 빛. 그 속에서 어지럽게 흔들리는 수십 개의 검은 실루엣. 그것들은 고다와 선요의 머릿속에 수많은, 결코 좋지 못한 장면을 연상시키기에 충분했다. 고다와 선요는 그 좁은 술집을 우적우적 씹어 삼키는 시뻘건 불길을 상상했다. 그 안에서 작고 새까만 석탄처럼 타들어가는 사람들의 시체를 상상했다. 검은 복면을 쓴 괴한이, 좁은 술집 안의 사람들을 마구잡이로 쑤셔대고 있을 모습을 상상했다. 예리하거나 뭉툭한, 새것처럼 반짝이거나 새카맣게 녹이 슨, 커다란 식칼을 상상했다. 잠긴 문 안에서 피를 쏟으며 굴러다니는 수십 구의 시체를 상상했다. 고다와 선요는 한 번도 그런 장면 속에 놓인 적 없었다. 그러나 고다와 선요는 이미 그 안을 지나쳐 온 것처럼 그 장면들이 익숙하게 느껴졌다. 익숙한 섬뜩함이 느껴졌다. 고다와 선요는 당장이라도, 그 자리에 주저앉고 싶었다. 그리고 그 술집은 정확히 같은 이유로, 고다와 선요를 강력하게 끌어당겼다.

　─우린 벌을 받아야 해.

　둘 중 누군가 넌지시 말했을 때, 고다와 선요는 누가 먼저

랄 것 없이 언덕을 뛰어올랐다. 그들은 차 없이 한산한 4차선 도로를 무작정 달려 건넜고, 울타리가 쳐진 화단을 넘어, 여전히 귀가 찢어질 듯한 소음이 쏟아져 나오고 있는 술집 앞까지 한달음에 도착했다. 고다와 선요는 머리를 징징 울리는 사람들의 비명 소리에 휩싸여 서로의 손을 붙잡았다. 그들의 심장이 같은 속도로 쿵쿵 뛰고 있었지만, 그들은 그들의 걸음을 멈출 생각이 없었다. 고다는 선요의 상기된 얼굴을 잠시 바라보다, 질끈 눈을 감으며 술집의 문을 활짝 열어젖혔다. 고다와 선요는 망설임 없이 그 안으로 들이닥쳤다. 그러곤 서로의 몸을 단단히 끌어안은 채, 그들에게 닥쳐올 나쁜 일, 끔찍한 일, 아주 무서운 일을 기꺼이 기다렸다. 그들의 몸이 새까맣게 타들어가기를, 갈기갈기 찢겨지기를, 끈적한 액체로 짓물러 녹아내리기를, 토막토막 잘려 흩어지기를 기다렸다.

그러나 아무 일도 일어나지 않았다.

이상한 기운을 알아챈 고다와 선요가 각각 한쪽씩 눈을 떴을 때, 그들은 그들을 어리둥절한 얼굴로 지켜보고 있는 몇몇 사람들에게 둥글게 둘러싸인 뒤였다.

— 얘들아, 누구 찾아왔니?

어디선가 들려온 물음에 고다와 선요는 뒤늦게 술집의 안쪽을 둘러보았다. 여전히 귀를 찢을 듯한 비명과 고함 소리가 들려오고 있었고, 무언가 깨지고 부딪히는 소리가 들려오고 있었고, 쿵쿵 발을 구르는 듯한 소리가 들려오고 있었다. 고다와 선요는 자신들이 그 일련의 소음들을 완전히 잘못 읽어내었다는 사실을 곧장 알 수 있었다. 술집 곳곳에 매달린 벽걸이 TV에서 축구 경기 중계되고 있었고, 술에 취한 사람들은 서로를 부둥켜안은 채 환호하고, 테이블을 두드리고, 잔을 부딪치고, 심지어는 자리에서 일어나 쿵쿵 뛰고 있었다. 고다와 선요가 발을 붙이고 선 콘크리트 바닥이 흔들렸다. 술집 안의 모든 집기가 연달아 흔들리고 떨어지며 소리를 냈다. 고다와 선요는 그들의 심장 소리가 그 속에서 서서히, 잦아들어가는 것을 느꼈다.

고다는 한 직원의 소매를 붙잡고 물었다.

— 아저씨. 저게 뭐예요?

직원은 쾌활한 목소리로 대답했다.

— 응? 모르는구나. 월드컵 예선 중이야. 우리가 이기고 있단다!

그 말에 고다와 선요는 모든 할 말을 잃어버린 채, 서로를 부둥켜안고 있던 두 팔을 축 늘어뜨린 채, 귀를 찢어놓을 것만 같은 소음 속에서, 모든 생각을 포기한 채, 가만히 술집 안의 풍경을 둘러보았다. 머지않아 그들의 심장이 다시 같은 속도로 뛰었다. 그 이유는 명확했다. 그들은 조금씩, 조금씩, 화가 나고 있었다. 미약한 분노가 조금씩, 그들의 안에 피어오르고 있었다. 타오르고 있었다. 그것은 그들의 작은 몸을 당장이라도 찢고 나올 수 있다는 듯 굴고 있었다. 선요의 손이 작게 떨리기 시작했을 때, 고다는 더 볼 것도 없다는 듯 선요의 팔을 이끌고 술집을 빠져나왔다. 그들이 열고 나온 문이 서서히, 닫혀가는 사이, 붉은 얼굴의 사람들이 둥글게 모여 서로의 손을 잡고, 서로의 어깨와 목에 팔을 두르고, 정체를 알 수 없는 춤을 추는 모습이 잠시 엿보였다. 고다와 선요는 그 모습을 끝까지, 끈질기게 쳐다보았다. 그들은 그 문틈 새로, 춤을 추는 사람들에게로, 더러운 침을 뱉어버리고 싶다는 생각을 했다. 그러나 문은 그들의 생각보다 빠르고 신속하게 닫혀버렸고, 닫힌 문은 영영 열리지 않을 것처럼 보였다. 적어도 고다와 선요의 손으로는 영영, 그 문을 다시 열 수 없을 것만 같아 보였다. 아주 오랜 시간이 흐른 뒤에도 말이다.

술집을 박차고 나온 고다와 선요는 진이 다 빠져버린 채 정처 없이 걸음을 옮겼다. 소음으로부터 완전히 멀어진 뒤 고다는 더 이상 한 걸음도 걸을 수 없다고 소리치며 길바닥에 주저앉았고, 선요도 그런 고다를 따라 고다의 옆에 철푸덕 앉아버렸다. 그들은 얼마간 멍하니 새카만 밤하늘을 올려다보다가, 울음이 쏟아져 나올 것만 같은 기분을 느끼다가, 그 울음을 목구멍의 안쪽으로 꿀떡 삼키며 말했다.

　—우린 바보야.

　—우린 멍청이야.

　—나는 화가 나.

　—나는 너무너무 화가 나.

　—나는 화가 나서 미쳐버릴 것 같아.

　—나는 미친, 사람들을 다 죽여버릴 것 같아.

　—아니 근데 왜 자기들끼리만 월드컵을 하고 난리지?

　—진짜. 나한테 월드컵 한다고 아무도 안 알려줬어.

이후 고다와 선요는 잠시간 침묵하였고, 얼마지 않아 둘 중 누군가가 코를 훌쩍이는 소리를 내었으므로, 동시에 작은 헛웃음을 터뜨렸다. 영하였고, 밤이었으므로, 그들은 너무 추웠다.

　—나는 벌을 받기 싫어.

　—나도 그래.

― 나는 너무 두려워.

― 나도 그래.

― 그럼 돌아가자.

― 응.

― 돌아가자니까.

― 응.

― 돌아가야 해.

― 응…….

선요가 고다의 힘없는 팔을 흔들흔들 흔들었다. 하지만 고다는 그런 선요의 손길에도 아랑곳 않고 물에 젖은 인형처럼 바닥에 늘어져 있었다.

― 레몬…….

― 뭐라고?

― 레몬……. 몬……. 몬…….

― 뭐야, 끝말잇기?

― 몬으로 시작하는 단어가 없어.

― 음.

― 으음.

― 레몬……. 몬……. 캔디…….

—그게 뭐야.

—레몬 캔디.

—그게 뭐냐고.

고다는 황당하다는 듯 선요의 어깨를 밀쳤고, 고개를 슬슬 내저으며 자리에서 일어났다. 그러곤 선요에게 한 손을 뻗어 내밀었다. 그때까지도 홀로 키득거리던 선요가 그 손을 잡고 자리에서 일어섰다.

그날 고다와 선요는 천천히 걸어 각자의 집으로 돌아갔다. 나란히 걷는 동안 그들은 거의 말하지 않았다. 아무것도 묻지 않았으며, 남은 모든 말들을 속으로만 삼켰다. 다만 그들은 갈림길 앞에서 서로에게 손을 흔들어주었고, 내일 개학이야, 늦지 마, 하는 말을 주고받았다. 이후 둘 중 누구도 울지는 않았다.

집으로 돌아온 고다는 오래오래 몸을 씻었고, 머리도 말리지 않은 채 방으로 들어가 문을 잠갔다. 고다는 홀로 남은 티티 2호와 눈을 맞추려 노력하다 이내 그만두었다. 대신 고다는 티티 2호의 먹이통을 가득 채워주고 물통의 물을 갈아주었다. 잠들기 직전에는 티티 2호에게 새 이름을 붙여주었다.

― 캔디. 너는 이제부터 캔디야.

그런 뒤엔 침대에 푹 처박혀 아주 긴 잠에 빠져들었다. 그날 밤 고다는 꿈속에서 선요를 만나지 않았다. 그리고 그들의 만나지 않음은 고다가 잠에서 깬 이후로도 오래도록 이어졌다.

고다의 캔디는 2년 뒤 죽었다.

고다가 간만의 소식을 전했을 때, 선요는 잉꼬의 수명이 원체 짧다는 말로 고다를 달래주었다.

고다로서는 그 이야기의 진위를 알 수 없었으므로, 그냥 그 말을 진실이라 믿기로 했다.

잇기

이지혜

구멍은 어느 날 생겨났다. 두 번째 엄마의 세 번째 기일을 며칠 앞둔 때였다. 길을 건너다가 손이 시려서 주머니에 넣었는데 이상한 기분이 들었다. 손끝을 손바닥에 문지르다가 멈췄다 다시 문질렀다. 오른손 새끼손가락을 뚫고 바람이, 주머니 속 차가운 공기가 흐르는 게 느껴졌다. 손끝으로 손바닥을 비볐다. 새끼손톱 가운데로 아까보다 미지근해진 공기가 흘러들었다가 또 흘러 나갔다. 주머니에서 손을 빼 눈앞에 펼쳤을 때 나는 횡단보도 한복판에서 더는 발을 떼지 못했다. 새끼손가락에 생긴 작은 구멍으로 찬바람이 스치는 것을 느꼈다.

　구멍은 얼마 후 자리를 옮겼다. 오랜 친구에게 오랜만에 전화를 걸었는데, 어쩐 일이냐는 친구의 질문에 대답할 말이 떠오르지 않았다. 친구는 이동 중이라며 급한 일이 아니면 나중에 이야기하자고 했다. 곧 전화가 끊겼다. 다음 날 자고 일어나니 구멍은 손가락 굵기로 복사뼈 한가운데에 자리 잡고 있었다. 구멍이 커지고 위치를 바꿔가는데도 나는 그것을 막아보려 하지 않았다. 적당히 덮어지는구나, 생각하며 다행이라 여겼다.

그러던 어느 날, 예기치 못한 부고를 듣고 나서 가슴 중앙에 무릎만 한 구멍이 생겼을 때에는 옷 사이로 스민 찬바람이 내 안으로 드나드는 것을 느꼈다. 구멍은 점점 커지면서 다른 곳으로 이동하는 것 같았다. 곧 겨울이 올 것이고 더 커진 구멍을 통해 바람뿐만 아니라 차디찬 눈발이 흩날리게 될지도 몰랐다. 계절이 흘러 봄이 되면 작은 새가 깃털을 휘날리며 구멍 안으로 날아들 수도 있겠다는 상상을 했다.

누군가가 골목을 지나다가 재킷 앞섶을 여미며 슬쩍 안쪽을 내려다봤고, 또 누군가는 고층 건물 앞에 서서 왼손 엄지 끝을 오른손으로 매만졌다. 언젠가 길을 걷다 마주쳤던 사람들을 돌이켜보며 이게 뭐 별일이냐고 되뇌었다. 티 내지 않을 뿐 다들 이렇게 사는 거라고. 하지만 점점 겁이 나기 시작했다. 자꾸 위치를 바꾸고 크기가 변하는 구멍이 어느 날에는 나보다도 더 커지는 게 아닐까. 나를 집어삼킬 구멍을 그려보았다. 그런 생각이 들 때마다 혼잣말했다. 이걸 어쩐다.

다행인가. 예기치 못한 경수의 부고를 들은 이후 구멍은 몇 달간 다른 곳으로 이동하지 않았고 제자리를 찾은 것처럼 내 가슴 중앙에 머물렀다. 수채화 동호회에선 경수의 빈자리를 물에 섞어 희석하려는 듯, 색색이 그 자리에 경수를 채워 넣으려는 듯 더 열띠게 그림을 그렸다. 나도 사람들 사이에서 그림을 그리며 경수를 더 가까이 느끼게 되었고, 구멍은 어느 날 도로 작아져 복사뼈 부근으로 이동했다.

＊

작은 물통 두 개에 물을 절반쯤 채웠다. 하나는 붓을 씻기 위해, 다른 하나는 색을 섞기 위해 필요했다. 테이블 위에 스케치북을 펼쳐 놓고 태블릿을 켰다. 사진첩을 열어 어제 카페에서 찍은 사진을 찾았다. 사진 속 투명한 유리잔 안에는 얼음이 녹아 옅어진 커피가 어중간하게 남아 있었고, 옆에 놓인 접시에는 먹다 남은 스콘과 부스러기들이 담겨 있었다.

어제는 수채화 동호회 마지막 모임 날이었다. 나는 가지 않았다. 지난 두 해 동안 서서히 작아져 발목으로 이동했던 구멍은 공방 건물이 철거될 거라는 소식을 들은 뒤 다시 커지기 시작했다. 어제 아침 잠에서 깼을 땐 도로 가슴 한가운데에 자리 잡았다. 저녁이 되어 공방에 가러 나섰다가 중간에 발을 돌렸다. 공방대신 집 근처 카페로 향했다. 찬바람에 입고 있던 겉옷을 여미며 혼잣말했다. 이걸 또 어쩐다.

붓을 들고 스케치북 옆에 놓인 카페 사진을 한참 봤지만 손을 움직일 수 없었다. 쫓기듯 들어간 곳을 남기고 싶진 않은데. 태블릿을 한 번 더 훑어봐도 그릴 만한 다른 것을 찾지 못했다. 하는 수 없이 다시 화면을 보며 어제 간 카페의 벽지 색을 떠올리다가 고개를 저었다.

마침 내 방 커튼 사이로 햇빛이 들어오고 있었다. 비쳐 드는 햇빛과 그 빛을 받아 밝아진 방 안의 색감을 찾으려고 서둘러 팔레트를 봤다. 레몬 옐로. 붓으로 물감을 살살 풀어 넓은 팔레트에 덜어내고 물을 섞었다. 색이 점점 흐려졌다. 물에 적셔 놓은 스케치북 위로 가로줄을 그려나갔다. 왼쪽에서 오른쪽으로 붓을 움직일 때마다 옅은 레몬빛이 스케치북을 채웠다. 아래로 한 줄씩 칠하자 물을 머금은 레몬색이 위아래로 퍼져 나갔다.

담채를 마치고 스케치북 위에서 색이 조금씩 흐르는 것을 보며 다음 작업을 위해 기다리기로 했다. 수채화에서는 얼마나 기다릴 수 있는가, 하는 게 중요하다고 말하던 경수가 머릿속에 그려졌다.

2년 전, 경수의 부고를 전해준 것은 준이었다. 준은 모바일 부고장을 전달하기에 앞서 다섯 줄의 메시지를 먼저 적어 보냈다. 뉴스에서 본 내용이 준의 메시지를 통해 다시 전해졌다. 나는 내용을 다 읽기도 전에 들고 있던 휴대전화를 떨어뜨렸다. 그걸 줍기 위해 몸을 굽혔다가 그대로 주저앉았다. 떨리는 어깨를 양팔로 붙잡은 채 한동안 일어나지 못했다. 경수가 그날 그곳에 있었나? 그 길 위에?

나는 경수의 이름과 얼굴만 알았지 제대로 대화를 나눠본 적은 없었다. 우리는 수채화 동호회에서 처음 만났다. 그 모임에 1년 가까이 다니면서 경수와는 데면데면하게 지냈다. 한 달에 한두 번 모여 각자 그림을 그리고 뒤풀이에서는 친한 사람들끼리 어울려 술을 마시다 헤어지길 반복했으니 당연한 일인지도 몰랐다.

준과 경수는 고등학교 때부터 친구였고 교내 동아리에서 함께 만화를 그렸다. 대학에 다닐 때까지만 해도 두 사람은 가깝게 지냈는데 회사에 들어가면서 조금씩 멀어졌고 나중엔 이 모임에 나와서야 얼굴을 보게 되었지만, 수채화를 그리게 된 건 결국 경수 때문이라고, 준이 말했다.

사람들과 함께 장례식장을 나오면서 나는 경수가 그린 그림들을 기억해보려고 했다. 물이 절반 정도 든 통에 붓을 넣고 천천히 휘젓는 경수의 뒷모습만 떠올랐다. 물통 안의 물은 대체로 푸른색이었다. 작업이 시작될 때쯤엔 세룰리안 블루였다가 점차 짙어져 끝날 때쯤엔 인디고에 가까운 색이 되었다. 경수는 어두운 청색으로 무얼 그렸던 것인가.

내가 수채화에 관심을 갖게 된 것은 어느 겨울날이었다. 번역해야 하는 원고를 책상에 놓고 모니터만 보고 있었다. 중국어에는 존댓말이 없어서 작품 속 두 인물의 관계가 가까워질수록 나는 점점 초조해졌다. 두 사람의 대화가 반말로 바뀌는 지점을 찾아야 하는데 그게 매번 어려웠다. 띄어쓰기도 없이 촘촘하게 들어찬 문자들을 빤히 보고 있을 때 열어둔 창문 틈으로 찬 기운이 들이쳐 기침이 났다. 어느새 해가 졌다. 손발이 차가워졌고 기침이 점점 심해졌다. 내리쬐는 해가 보고 싶었다. '해'와 '풍경'을 나란히 쓰고 검색하자 사진과 그림들이 섞여서 화면에 올라왔다. 담장을 타고 자란 넝쿨에 햇빛이 비쳐 환한 순간을 표현한 수채화가 유독 눈에 띄었다. 넝쿨의 푸른 잎과 해에서 퍼져 나온 빛이 물에 실려 자연스럽게 어우러졌다. 잎은 빛에, 빛은 잎에 스며들어 있었다. 화면을 한번 보고, 컴컴한 방 안을 또 한번 둘러보길 여러 차례 하고 나서야 다시 원고를 펼칠 수 있었다.

그 후 동영상을 찾아보며 더디게 수채화를 배웠다. 이국의 글자로 쓰인 이야기를 여기로 옮겨 오는 게 힘에 부칠 때, 내 앞에 놓인 원고와 그것을 둘러싼 사물들을 물에 섞어 흰 종이에 그려냈다. 그럴 때면 작품에 쓰인 언어와 내 언어 사이의 경계가 희미해지는 것 같았다. 그러다 수채화 동호회에 들어가게 되었다.

경수가 떠난 후에도 모임은 계속됐다. 처음 몇 주간 사람들은 경수와 경수의 죽음에 대해 말하지 않았다. 몇 마디 말로 쉽게 드러낼 일과 감정이 아니라는 듯. 그날에 관한 의문과 경수를 향한 그리움을 말로 꺼내지 않은 채 두어 시간씩 앉아 그림에 그려냈다. 모여서 함께 그림을 그리는 게 우리가 할 수 있는 일 중 가장 중요한 일처럼 느껴졌다. 조문을 다녀온 이후 두 달째에 접어들었을 때 오랜만에 뒤풀이가 있었고 그날부터 조금씩 경수와 관련한 이야기를 나누었다.

그런 자리가 서너 번쯤 이어진 어느 날, 맥줏집에서 내 옆자리에 앉은 준이 대뜸 말했다.

"나 한밤중에 전화한 적 있어, 경수한테."

경수가 떠나기 일주일 전의 일이었다. 연결음이 세 번쯤 울리고 나서 경수가 전화를 받았고 준의 이름을 불렀다. 그 목소리를 들은 순간 준은 이상하게 마음이 다급해졌다.

"내가 붓펜 빌렸던 거 기억해?"

준이 묻자 경수는 그렇다고 대답했다. 다음에 만나면 돌려줄 테니까 사지 말라고, 기다렸다가 그걸로 쓰라는 말을 준은 여러 차례 했다.

"그것 때문에 이 시간에 전화한 거냐?"

경수가 장난스럽게 웃은 뒤 전화를 끊으려고 했는데 준이 경수를 불렀다. 야, 라거나 잠깐만, 하는 말을 쓰지 않고 경수의 이름을 불렀다. 왜 그러냐고 묻는 경수에게 준은 무슨 말인가 하려다 말고 늦었어, 얼른 자, 하며 전화를 끊었다.

지금도 이해가 안 된다고 준은 맥주잔을 잡으며 말했다. 준이 경수에게 붓펜을 빌린 것은 한참 전의 일이었다. 준은 경수의 것인 줄 알면서도 딱히 돌려줄 생각을 하지 않고 붓펜을 계속 써왔다. 작은 물건이니 대수롭지 않게 여겼다.

"근데 왜 그때 붓펜이 생각났을까?"

준의 물음에 나는 적당한 대답을 찾지 못한 채 맥주잔에 박힌 로고만 쳐다봤다. 핼러윈을 앞두고 고등학교 동창들이 모이기로 해 준도 그곳에 갈 예정이었지만, 당일에 두통이 심해져 가지 않았다는 걸 들어서 알고 있었다. 한숨 소리가 길게 들려왔다. 경수는 이미 붓펜을 샀을 거라고 준이 말했다.

"경수는 작품에 붓펜으로 서명을 남기거든."

준이 덧붙였다.

"나는 아직도 경수한테 줄 게 남았어."

준은 잔을 기울였고 나는 아빠와 나눴던 대화를 돌이켰다.

경수의 사십구재를 앞둔 시기에 아빠가 전화를 걸어와 주말에 집에 들를 수 있는지 물었다. 나는 경수에게 갈 거라 시간이 어떻게 될지 모르겠다고 했는데 아빠가 내 말을 잘랐다.

"이제 잊어라. 그만 보내줘."

아빠는 가라앉은 목소리로 다시 말했다.

"가까운 사이도 아닌데. 네가 그 친구를 알면 얼마나 안다고."

뒤이어 아빠가 어떠냐고 물어온 것이 내가 새로 번역에 들어간 작품이었는지, 내 집에 옮겨둔 엄마의 화분이었는지, 이제 막 대학 생활을 시작한 동생의 안부였는지조차 지금은 흐릿해졌다.

"보내주라고?"

이 말만 내뱉고 나는 입을 다물었다. 아빠는 두 번째 엄마
가 떠난 지 3년이 되도록 엄마의 물건을 정리하지 못했다. 떠
나보낸 사람을 오래 마음에 품고 살았으면서, 앞으로도 그렇
게 살 거면서. 아빠 입에서 나온 경수를 그만 보내주라는 말이
이해되지 않았다. 가까운 사이라니. 얼마만큼 멀어야 먼 것이
고 얼마만큼 가까워야 가깝다고 할 수 있나. 떠난 경수를, 경수
를 떠나보내게 한 그 일을 어떻게 잊을 수 있나. 경수에게 있
었던 일을 어느 날 내가 겪게 될지도 모르는데. 꼭 그런 이유가
아니라고 해도. 어떻게.

아빠가 내 이름을 연달아 불렀다. 나는 다음에 이야기하자
며 전화를 끊었다. 그 후로 아빠는 종종 연락해왔고 나는 전화
를 받지 않거나 늦은 답장을 보냈다. 준이 경수에게 줄 게 남은
것처럼 아빠도 나에게 할 말이 남은 것 같았다.

붓펜 얘기를 들은 건 그때가 처음이었지만, 뒤풀이가 다시
시작된 이후로 준은 나에게 경수 이야기를 계속해왔다. 말하
고 또 말했다. 경수가 어머니를 일찍 여읜 것, 다니던 회사를
그만두고 이직한 것, 쉬는 날에는 학원에서 외국어를 배운 것,

틈만 나면 생경한 도시로 향하는 기차표와 항공권을 조회하곤 했다는 것…….. 함께 있을 때보다 경수에 대해 더 많이 알게 된 듯했다.

스케치북 위에서 흐르던 색이 차츰 고였다. 나는 사진 속 유리잔과 접시를 어떻게 그려낼지 생각하다가 물통 안에 든 붓으로 손을 뻗어 세게 휘저었다. 물통 밖으로 물이 튀었다. 붓을 놓았다. 이따 공방에 오지? 어제 준이 보낸 메시지에는 회신하지 않았다.

더 이상 공방을 운영할 수 없게 되었다는 소식에 우선 다른 장소를 찾아보는 것으로 의견이 모였다. 하지만 쉽지 않았다. 어떤 곳은 너무 외진 위치에 있어서 오가기 불편할 것 같았고, 어떤 곳은 한 달 뒤에 리모델링 공사가 예정되어 있었다. 미술학원이나 카페 등에도 문의해봤지만 성과는 없었다. 날씨만 괜찮으면 야외에서라도 계속하자는 의견도 있었는데 그러다 벌금을 물 수도 있다고 누군가 대답했다.

적당한 장소를 찾을 때까지 모임을 쉬어야 하는 게 아니냐는 말이 나왔다. 그럴 수밖에 없어 보였다. 마지막 모임 날짜가 공지돼 나도 참여하겠다고 했다. 막상 당일이 되니 발이 떨어지지 않았다. 잘 지내라고 손 흔들어 인사하고 돌아서면 정말 다 끝일 것만 같아서. 구멍이 또 어디로 옮겨 가 얼마나 커질지 알 수 없었다.

답장을 못 해 미안하다, 어제 모임을 잘 마쳤냐, 하는 말들을 썼다가 지웠다가 결국 이렇게 적어 보냈다. 어제 뭐 먹었어? 그러고 나면 다음엔 오늘은 뭐 먹을까, 하고 물어볼 수 있게 될 것 같았다. 준은 아직 메시지를 읽지 않았다.

준이 수채화 동호회에 가입하게 된 계기를 들은 적이 있었다. 경수가 오랜만에 전화를 걸어와 잘 지내냐고 물었는데 그무렵 준은 부서를 옮겨 새로운 업무에 적응하느라 지쳐 있었다. 경수에게 어쩐 일이냐며 중요한 게 아니면 나중에 통화하자고 대답했다. 바쁘구나, 혼잣말하듯 경수가 말했고 통화는 곧 끝났다. 준은 그 대화가 마음에 걸렸고 친구의 전화를 그렇게 받은 자신이 마음에 들지 않았다. 이틀 뒤 다시 경수에게 전화했을 때, 경수가 수채화 동호회에 가고 있다고 하길래 자신도 따라 나오게 되었다고 했다. 여기 오길 잘했다는 생각을 여러 번 했다고 덧붙였다. 모임에 선뜻 자신을 데려와준 경수의 우정이 고마웠다고.

준의 얘기를 들으며 나는 묘한 기시감을 느꼈다. 통화가 끝난 후 휴대전화를 내려다보는 경수의 모습을 어렵지 않게 떠올릴 수 있었다. 아주 잠깐 경수의 마음속에서 미세하게 벌어졌을 준과의 거리감을. 준의 입에서 나온 우정이라는 말을 되뇌었다. 어쩌면 경수와 나 사이에 우정이라 할 만한 감정은 없을 것이다. 하지만 나에게도 기억에 남은 경수와의 한순간이 있다.

그때 준은 해가 내리쬐는 해변을 그렸다. 내 새끼손가락에 구멍이 생긴 지 얼마 안 된 시기였고 꽃샘추위로 날이 아직 쌀쌀했다. 옆에 앉은 준이 나에게 스케치를 보여줬다. 나는 준이 내민 밑그림을 대충 곁눈질하면서 물었다.

"뭘 그린 건데?"

"해변. 햇빛이 쨍쨍한 모래사장."

나도 모르게 그림을 달라고 말했다. 준은 자리에서 일어나더니 마스킹액을 손에 든 채 돌아왔다. 경수한테 빌린 거라고 말하는 준의 표정이 밝았는데, 막상 뚜껑을 열고도 선뜻 종이 위에 칠해나가지 못했다. 마스킹액을 바르면 그 부분에는 물감을 칠해도 색이 입혀지지 않았다. 나도 밝게 표현할 부분을 의도적으로 덮어서 더 선명하게 드러낼 수 있다는 마스킹액의 쓰임에만 관심을 가졌지, 실제로 써본 적은 없었다. 준은 선물

하는 그림이라 제대로 완성해야 한다며 마스킹액을 손에 들고 우왕좌왕하다가 결국 경수를 불렀다. 경수가 다가와 준의 스케치를 보더니 손가락으로 모래사장을 가리켰다.

"햇빛이 닿는 곳에 마스킹액을 발라. 모래가 반짝이는 질감을 살려가면서 발라주고, 나머지 부분에 색을 칠해 놨다가 마른 다음 떼어내면 돼."

경수는 마스킹액 바를 곳을 손가락으로 한 번 더 표시했다.

"마를 때까지 언제 기다리냐."

준이 경수의 손끝을 눈으로 좇으며 말했다. 경수는 때를 잘 맞춰보라고 대답하면서 준을 봤다.

"수채화에서는 얼마나 기다릴 수 있는가 하는 게 중요해. 그래야 색이 잘 쌓이니까. 그래야 종이 위에서 색과 색이 잘 만나는 거고."

경수는 마스킹액도 마찬가지라고, 시간을 확인해서 제대로 마른 뒤에 떼어내야 그 위에 채색이 잘된다고 덧붙였다.

＊

구멍을 알아본 건 앤이었다. 경수가 떠난 지 반년이 지났을 무렵 동호회 모임에서 나는 테이블 한쪽에 사진을 올려놓고 자화상을 그렸다. 그날 지각해서 통로 쪽에 앉았는데 모임이 파할 때쯤 물을 버리러 가는 사람들이 내 자리 옆에 늘어섰다. 그 사이에 있던 앤이 내 그림을 빤히 바라봤다. 뒤풀이 때 앤이 다가와 말했다.

"오늘 그림 아주 좋던데요."

앤과는 오가며 눈인사만 나누었는데, 그 말을 통해 앤의 높고 낭랑한 목소리가 또렷하게 와닿았다. 내가 그린 게 무엇인지 알 것 같다는 앤의 말에는 의아했다. 내 그림을 떠올린 뒤에야 무슨 뜻인지 알 것 같았다. 앤은 내가 가슴 한가운데에 그려놓은 구멍에 대해 말하고 있었다. 준과 함께 경수에 관한 이야기를 나누면서 구멍은 팔꿈치 크기로 작아져 내 왼쪽 허벅지로 이동했다. 다행이라고 안도하면서도 나는 한때 가슴 한가운데 자리 잡았던 구멍을 남겨두고 싶었다. 기억해야 할 것 같았다.

"이것 좀 볼래요?"

앤이 휴대전화를 내밀었다. 여자가 창밖을 바라보며 서 있는 그림이 액정 위에 올라와 있었다. 방 안 배경은 회백색으로 처리되어 적적하다는 인상이 강했다. 조금 난데없지만 창문

밖은 공원이었다. 가로등이 환하게 켜진 산책로, 벤치에 앉아 하늘을 보는 여자와 옆에 앉은 강아지. 창 너머로 펼쳐진 밤의 풍경이 더 밝고 생기 있어 보였다. 돌아선 채 창밖을 보고 있는 여자의 뒷모습으로 다시 눈을 돌렸을 때, 내 구멍 안으로 무언가 흘러들었다.

앤과 함께 맥줏집을 나와 카페로 이동했다. 앤이 스케치북을 펼쳐 건넸고 나는 좀 전에 본 그림을 다시 천천히 들여다봤다. 고개를 들자 앤이 스케치북을 앞으로 넘겼다. 전시회장인 듯, 작품이 걸린 벽 앞을 여자가 지난다. 실내는 어둡고 조명은 벽에 걸린 작품을 비춘다. 작품 안에서는 남자가 옥상 난간에 기대 서서 누군가와 통화 중이다.

또 다른 그림. 어느 밤 지하철 안이다. 유리창 밖에서 색색의 불꽃들이 밤하늘을 가른다. 배경이 되는 지하철 내부는 모노톤으로 채색되었고, 의자 끝에서 여자가 혼자 앉아 꾸벅꾸벅 존다.

그림들을 한 장 한 장 넘기면서 등장하는 여자가 다 같은 사람인가 하는 의문이 일었다. 앤에게 물어보지 않았지만 그럴 거라고 짐작했다. 바깥의 밝고 환한 풍경, 내부의 단색조 배경과 인물. 구멍처럼 안과 밖의 대비가 선명했다. 어디선가 본 것 같다는 느낌이 들었다. 검은색이 빽빽이 칠해져 내 마음속에서 잘 지워지지 않던 누군가의 구멍과 비슷했다.

두 번째 엄마가 세상을 떠난 지 3년째 되던 해에야 아빠는 집을 팔겠다고 했다. 와서 필요한 게 있으면 가져가라는 아빠의 목소리가 무겁게 느껴졌다. 나는 그 집에 찾아가 엄마가 아끼던 화분 두 개와 일기장 다섯 권을 챙긴 뒤 우리가 함께 살았던 집 안을 둘러보고 문을 닫았다.

어느 날 화분에 물을 주다 생각나 엄마의 일기장 중 한 권을 꺼내서 넘겨봤다. 내가 어릴 때 쓰인 것이었다. 나와 성이 다른 여동생과 내가 자주 등장했는데, 우리는 빛바랜 종이 위에서 다투고 화해하길 반복했다. 한 장 더 페이지를 넘겼을 때 나는 숨을 멈췄다가 길게 내쉬었다. '새엄마가'로 시작하는 문장이 내 눈을 사로잡았고 글은 서너 줄 더 이어졌다. 내 일기장에 쓴 나의 일기가 엄마의 글씨로 엄마 일기장에 옮겨져 있었다.

첫 번째 엄마와 함께한 시간보다 세 배는 긴 세월을 같이 살며 내내 엄마라고 불러왔음에도 나는 대학에 들어가기 전까지 유독 일기장에는 꼭 새엄마라고 적었다. 엄마가 그걸 볼 수 있다고 생각한 것은 아니었지만 볼 일이 없을 거라고 확신한 것도 아니었다. 엄마의 일기장을 덮고 나서 나는 엄마가 돌아가셨을 때보다 더 오래 울었다. 반듯한 글씨로 옮겨진 내 일기의 내용은 조금씩 잊었는데, 엄마가 검정 볼펜으로 안쪽을 까맣게 채워둔 새엄마라는 단어 속 ㅇ과 ㅁ은 지워지지 않았다. 펜을 들고 빼곡하게 어둠을 그려 넣었을 엄마의 마음이 아주 멀게 느껴졌다. 얼마 못 가 새끼손가락 중앙에 작은 구멍이 생겼다.

앤이 스케치북을 대여섯 장 앞으로 넘기자 다른 분위기의 수채화가 나왔다. 꽃이 활짝 핀 채 창틀에 놓인 화분 두 개, 호숫가에 세워진 연두색 자전거, 야외 테라스에서 엎드려 자는 남자와 그 위를 덮은 살구색 카디건. 앞서 봤던 그림들과는 작품 안에 담긴 시간도 분위기도 색채도 모두 달랐다. 배경은 밝은색으로 채색되었고 빛을 머금은 부분들이 강조되어 있었다. 나는 스케치북을 한 장 더 넘기려다 작품 오른쪽 아래에 쓰인 글씨를 봤다. 세 작품에는 똑같은 문구가 적혀 있었다. '경수에게' 네 글자가 내 구멍 안에서 울렸다.

앤이 나를 빤히 보다가 얼굴을 내렸다. 자세히 보니 작품에 적힌 날짜는 모두 경수가 떠나기 이전 시기였다. 경수와 앤은 1년 남짓 연인으로 지내며 일주일에 한 번 서로에게 그림을 보냈다. 앤은 낮의 풍경을, 경수는 밤의 풍경을 그렸다. 앤은 스케치북을 뒤로 넘기며 창문 너머로 펼쳐진 밤의 공원을 가리켰다. 한 장 더 넘기며 옥상에서 통화하는 남자가 그려진 그림을, 또 한 장 넘기며 폭죽이 터지는 지하철 차창 밖의 장면을 가리켰다.

"이 그림들은 원본이 따로 있는데 그걸 그린 사람이 경수예요."

앤과 만나는 중 경수는 4년 동안 다닌 회사를 그만뒀다. 늦은 밤, 앤의 집 근처 공원에서 경수는 앤에게 처음으로 직장 문제를 털어놓았다. 경영지원팀에서 함께 일하던 선임이 퇴사하고 나자, 경수가 대표의 지시로 이런저런 일들을 처리하게 되었다고. 그러다 한 번은 경수가 밤늦도록 퇴근하지 못한 날이 있었는데 앤이 전화하니 정산이 맞지 않아서 어떻게든 맞춰야 한다고 했다. 있는 서류를 고치고 없는 서류를 만들어서라도 맞추라는 얘길 들었다고. 새벽에 가까워졌을 무렵, 경수는 대표에게 자신이 이 일을 하지 못하는 이유를 메일로 보냈다. 회사 사람들에게도 메일로 사실을 알렸다. 다음 날부터 회사에 나가지 않았다. 하루이틀 경수에게 전화해오던 동료들도 더는 연락이 없었다. 경수는 두 달쯤 쉬고 화원에 취직했다. 재취업이 확정된 후 경수와 앤은 불꽃놀이를 보러 갔다. 앤이 계획한 일정이었다. 밤하늘 높이 뻗어나가는 불꽃을 말없이 바라보다가 앤과 눈이 마주쳤을 때, 경수가 밝게 웃으며 힘주어 자신의 손을 잡았다고 앤이 말했다.

경수의 회사 이야기에 앤은 공감했지만 내심 흔한 일이라고도 여겼다. 앤도 경수가 다니던 곳과 다를 것 없는 규모의 회사에서 일하고 있었고, 그곳에서는 모두 엇비슷한 일을 겪으니까. 그 하나하나의 일들이 쌓여 결국 큰 문제를 만들고 말 것이었다. 돌아보면 경수를 죽음으로 몰고 간 일도 많은 문제가 얽혀서 벌어진 게 아닌가 싶다고 앤은 말을 이었다.

경수와 그림을 주고받았다는 앤의 이야기를 들으며 나는 준이 가지고 있는 붓펜을 떠올렸다. 아마도 경수가 앤에게 보낸 그림에는 그 붓펜으로 쓴 서명이나 짧은 편지가 적혀 있었을 것이다.

장례를 치르고 나서 앤은 경수의 그림들을 모아 자신의 집으로 가져갔다. 열흘이 지나고 보름이 흐른 뒤에야 경수의 수채화들을 꺼내 볼 수 있었다. 앤은 차라리 낮의 풍경을 그린 게 경수였다면 어땠을지 생각해봤다고 했다. 전에는 경수가 밤의 풍경 속에 그려 넣은 빛이 그저 밝아 보였는데, 다시 보니 경수의 그림들이 어둡게 느껴졌다고. 나는 경수가 붓을 넣고 휘젓던, 남색 물이 담긴 물통을 생각했다.

스케치북을 한 장씩 넘기다가 공원 야경이 보이는 그림에 이르자 앤이 입을 열었다.

"그래서 이 그림들을 그렸어요."

앤은 경수의 그림을, 경수가 있던 자리를, 경수가 바라본 장면을 자기 그림 속에 넣어 다시 그렸다. 바쁘게 움직이는 앤의 손을 따라 나도 그림들을 한 번 더 봤다.

카페를 나오면서 앤은 오늘 내가 그린 수채화를 오래 기억하게 될 것 같다며, 다음에 또 보자고 인사했다. 그 말을 듣자마자 나는 하얀 스케치북 위에서 다시 이어질 앤과 경수의 그림을 상상하게 되었다.

앤이 인상적이었다는 내 구멍을 그린 그림은 구멍의 둘레를 짙은 색으로 덧칠해서 다른 밝은 부분과 대비되도록 했는데, 그래서인지 구멍이 두드러지며 구멍과 몸 사이에 거리감이 느껴졌다. 누군가와 멀어지거나 누군가를 잃을 때 구멍은 자리를 옮기며 커지곤 했다. 그게 두려우면서도 때때로 나보다도 커질 구멍을 상상했고, 이런 나와 멀어지고 싶다는 생각을 했다. 구멍을 통해 다른 사람과 이어질 거라고는 예상하지 못했다. 짙고 어두운 밤에 경수가 밝히던 빛을 나는 앤의 그림을 통해 기억해낼 수 있었다. 딱 한 번 가까이서 보았던 경수의 그림, 밤의 도로를 달려 나가는 빛들이 담긴 그림을. 이 작업을 멈출 수 없을 것 같다는 앤의 목소리가 내 귓가에 남았다.

모임을 쉬기로 결정한 날 앤은 왼쪽 제일 앞자리에, 나는 앤의 대각선 뒷자리에 앉았다. 앤은 그날따라 유독 말이 없었다. 평소의 앤이라면 모임을 쉬어야 할 것 같다는 말에 대안을 내놓았을 것이다. 온라인으로라도 모이자고 목소리를 높였을지도 모른다. 하지만 그렇게 하지 않았다. 붓을 들고 스케치북 위에서 천천히 손을 움직일 뿐이었다.

모임 운영에 관한 얘기가 마무리되었을 때, 뒤쪽에서 한숨 소리가 들렸다. 나도 한숨이 나오려고 해 얼른 삼켰고 다들 비슷한 마음일 거라고 짐작했다. 그 침묵 속에서 앤이 뒤를 돌아봤다.

"다들 고생 많으셨어요."

또렷한 목소리로 천천히 말했다. 다른 사람들도 하나둘 말을 이었다. 수고했다고, 곧 또 좋은 장소를 찾을 수 있지 않겠냐고. 내 뒤에 앉은 사람은 언제부턴가 길을 걷다가도 마땅한 곳이 없는지 둘러보게 되더라고 말했다. 앤도 그랬다고 했다. 여기저기 찾아다니다가 어느 날엔가 경수가 떠난 그 길 인근에 가게 되었고, 그래서 그곳에 가보았다고.

"근데 거기 뭐가 없더라고요."

앤은 중간에 말을 멈췄다. 바닥에 새겨진 문구나 벽에 붙은 설치물이 눈에 잘 띄지 않았다고. 그곳에서 있었던 일을 기억하기에는 부족해 보였다고 말을 이었다. 분향소도 한 번 더 자리를 옮겼다고 누군가 말했다. 앤은 다시 몸을 돌려 붓을 잡았다. 모임이 끝났을 때 앤의 물통 속 물은 짙은 남색이었고 나는 집으로 돌아오는 내내 앤이 그렸을 장면을 상상했다. 앤은 어제 공방에 나갔을까.

준의 답장이 와 있었다. 준은 내 질문에 대답하는 대신 일곱 장의 사진을 보냈다. 어제 그린 그림들이라고 덧붙였다. 공방 풍경을 그리기로 미리 정해두었다고 했다. 일곱 장의 그림 모두 오른쪽 제일 앞자리에 경수가 앉아 있었다.

태블릿 화면에 고정된 어제의 카페 사진을 다시 봤다. 붓은 물통에 넣어둔 채 한 손으로 턱을 괴었다. 나에게 남길 만한 것은 이것뿐이라고 되뇌어도 손이 움직여지지 않았다. 정말 기억하고 싶은 건 이 장면이 아닌 것 같았다. 준이 경수의 마스킹액을 빌려왔을 때도 나는 이런 기분이 들었다.

경수가 색을 잘 쌓기 위해서 얼마를 기다리느냐가 중요하
다고 말하고 뒤돌아선 뒤, 나는 스케치북을 내려다봤다. 준이
마스킹액을 돌려주고 왔을 때 나는 자리에서 일어나 경수를
향해 갔다. 경수는 늘 같은 곳, 오른쪽 제일 앞자리에 앉아 수
채화를 그렸다. 내가 옆에 서서 헛기침을 하자 경수가 내 쪽으
로 고개를 돌렸다. 나는 마스킹액을 가리키며 물었다.

"이거 좀 써도 돼요?"

"네, 편하게 쓰세요."

경수는 마스킹액을 내 앞에 놓으며 대답했다. 내가 고맙다
고 인사하니 아니라고 말하면서 웃었다.

그때 나는 경수가 작업 중이던 그림을 슬쩍 봤다. 밤의 도
로를 그린 것이었다. 양쪽으로 늘어선 불 꺼진 건물들. 밤이 흘
러내린 듯 옅거나 진한 청색으로 겹겹이 칠해진 하늘. 그림 중
앙에서는 줄지어 선 자동차들이 헤드라이트를 켠 채 달리고
있었다. 종이에 내려앉은 어둠 사이로 빛이 달려나가는 듯한
느낌이 들었다. 그에게서 돌아서려는 순간 마른 마스킹액을
뜯어낸 조각들이 테이블 한쪽에 모여 있는 게 보였다. 종이 위

에는 마스킹액을 뜯어낸 자리마다 빛이 새겨져 선명한 색을 드러냈다. 밤이라서, 어둠 속이라서 더욱 밝아 보였다.

그날 나는 눈으로 덮인 골목길을 그리고 싶었다. 해가 비쳐 반짝이는 눈길을 혼자 걸어가는 나를 그릴 생각이었다. 직전 겨울, 아직 구멍이 생기지 않은 순간을 남겨두려고 했다. 이웃집 목련이 담장 밖으로 뻗어 나온 골목길 사진을 테이블에 올려놓았다.

그런데 경수의 마스킹액을 손에 들자 생각이 바뀌었다. 다른 장면이 떠오른 것이다. 나뭇가지 위에 소복하게 쌓인 눈이 아슬아슬하게 꽃으로 떨어지려고 할 때, 내가 손을 뻗어 눈을 옆으로 털어내는 모습이 그리고 싶어졌다. 오른손 새끼손가락에 구멍도 그려 넣는다면 어떨까. 나는 또 생각했다. 구멍에 눈더미가 닿는 순간 발끝까지 온몸이 시리겠지만, 연달아 기침이 터져 나올지도 모르겠지만, 괜찮지 않을까. 경수의 마스킹액을 손에 잡고 그렇게 짐작했다. 언젠가 정말 구멍이 난 손으로 눈을 만질 수도 있을 거라고. 나는 종이 위에 이미지를 옮기고 마스킹액 뚜껑을 열어 스케치북 안에 빈 공간을 심었다.

동호회에서 어떤 사람은 닉네임을 썼고 어떤 사람은 본명으로 자신을 소개했다. 경수는 후자였다. 당시 경수에 대해 아는 것은 임경수라는 이름 세 글자뿐이었는데 한 번도 경수의 이름을 불러본 적이 없었다. 돌이켜보면 경수와 말을 나눈 것도 그때가 유일했다. 하지만 준과 앤을 통해, 나는 경수의 그림과 함께 그날 내가 그린 그림도 떠올릴 수 있었다. 그 후로 종종 그 그림을 꺼내서 보게 되었다.

✳

구멍은 어느 날 또 자리를 옮겼다. 앤과 이야기 나눈 뒤 구멍이 더 작아져 어깻죽지에 자리 잡았을 무렵, 맥줏집에서 준이 말했다.

"그 붓펜 말이야, 영영 돌려줄 수 없겠지?"

준은 평소보다 많이 마셨고 그만큼 취기가 오른 듯했다. 고개를 숙인 채 목덜미를 긁적이는 준에게 나는 붓펜을 보여달라고 했다. 중요한 물건이니 사진으로 남겨놨을 것 같았다. 준이 휴대전화를 꺼내 사진을 보여줬을 땐 실물이 보고 싶다고 말했다. 한번 가져와 보여달라고, 궁금하다고. 다음 모임에서 준이 붓펜을 가져와 나에게 내밀었을 때, 그것을 손에 들고 있다가 준이 자리를 비운 틈을 타 미리 사둔 같은 브랜드의 붓펜으로 바꿔놓았다. 준이 자리로 돌아왔을 땐 스케치북을 펼치고 내가 가져온 붓펜 뚜껑을 열어 글자를 썼다. 경수에게. 한 번도 불러본 적 없는 이름을 종이에 적는 순간 멈칫하며 고개를 떨궜지만, 네 글자를 끝까지 쓰고 그 위에 붓펜을 올려두었다. 준에게 말했다.

"경수가 받았을 거야. 돌려받았을 거야."

준은 대답하지 않았다. 한참 후에야 붓펜을 열어 손에 잡았다. 뭔가 이상하다는 듯 잠깐 고개를 갸웃거리다 붓펜을 보고 또 한동안 나를 바라봤고, 이내 손을 움직였다. 내가 쓴 글자 아래 경수에게, 라고 다시 썼다. 얼굴을 내린 채 고맙다고 말했다. 이제 그 붓펜은 경수의 붓펜이 아닌 거라고, 너의 붓펜이 된 거라고 나는 속으로 말했다. 경수의 붓펜은 앤에게 주었다. 경수가 쓰던 것이라고 알려주자 앤은 얼른 손을 뻗어 붓펜을 쥐었다. 그 후, 경수의 그림이 들어간 앤의 그림 한쪽에는 경수의 붓펜으로 서명이나 짧은 편지가 남겨졌다. 앤이 경수에게 쓴.

무슨 생각으로 이런 일을 한 것인가. 경수에 대해 이야기하며 울먹이던 준의 목소리를 떠올리면, 그러면서도 경수 이야기를 멈추지 않던 준을 생각하면, 뭐라도 할 수밖에 없었다고 되뇌면서도 내 행동이 의아했다.

사실 오래전 엄마의 행동을 따라 한 것이었다. 어렸을 때 동생과 싸운 뒤 동생이 가장 아끼는 책의 페이지를 찢은 적이 있었다. 이야기의 한 장면을 두 쪽에 걸쳐 삽화로 그려놓은 것이었는데 그중 오른쪽 페이지를 찢어서 내 서랍 안에 처박아뒀다. 동생에게는 털어놓지 못한 채 속으로만 죄책감을 느꼈다. 동생이 내가 한 일을 바로 알아차리지 못해 오히려 더 전전긍긍했다. 그렇다고 사실을 털어놓거나 사과하고 싶지는 않다. 하루는 엄마가 동생의 책을 가져와 찢어진 페이지를 펼쳐 보이면서 네가 한 거냐고 물었다. 내가 대답하지 않자 엄마는 찢은 페이지를 가져오라고 했다. 끌어안고 자책하지 말고 자신에게 넘기라고. 나는 잘라낸 오른쪽 페이지를 엄마에게 주었고 엄마는 새 책을 사서 동생 모르게 바꿔놓았다. 그땐 내가 일기장에 새엄마라고 적은 것을 본 이후였을 텐데.

　나는 엄마 일기장에 적힌 내 일기의 페이지를 펼쳐 까맣게 칠해진 ㅇ과 ㅁ을 오려냈다. 뚫린 구멍 사이로 엄마의 또 다른 날들이 이어지고 있었다. 엄마가 여행지의 풍경을 담은 에세이를 좋아했고 쿨 재즈를 자주 들었으며 한겨울에도 냉면을 먹었다는 걸 나는 엄마의 일기를 통해서야 알았다. 알게 된 것들을 하나씩 내 노트에 옮기다가 엄마가 쓴 일기를 베껴 적게 된 것이다. 그러다 어릴 때 엄마가 보여준 행동도 이어서 하게 되었다. 준의 마음과 어릴 때 내 마음이 같다고는 할 수 없고, 잘한 일이라고도 할 수 없겠지만. 아직도 종종 엄마의 일기에서 나를 오려낼 수 있다면 좋았겠다고 혼잣말하지만.

"가끔은 말이야, 경수의 그림을 옮겨 그리는 게 시간을 오려다가 이어 붙이는 일 같기도 해."

앤이 말한 적 있다. 앤은 계속 경수의 그림을 다시 그렸고, 우리는 앤의 그림 속 경수의 그림에 대한 이야기를 나누었다. 나는 준에게서 들은 얘기를 앤에게 전하기도 했다. 경수가 밤의 풍경을 그리면서 그 시간을 더 편안하게 느끼게 됐고 잠도 더 잘 자게 되었다는 이야기를. 앤은 소리 내 웃으면서도 눈가를 훔쳤는데 그 후 앤의 그림 안에 담긴 장면이 점점 달라졌다. 앤이 따라 그린 경수의 그림과 앤이 지나고 있는 시간 속 풍경이 비슷한 톤으로 연결되었다. 낮과 밤의 경계가 두드러지지 않고 잘 어우러졌다. 가장 최근에 앤이 보여준 작품 속에는 정갈한 음식이 차려진 부엌을 배경으로 경수가 그린 밤의 카페 테라스가 액자에 담긴 채 자연스럽게 표현되어 있었다. 그림 한쪽에는 붓펜으로 썼을 메시지가 적혀 있었다.

경수에게 붓펜을 돌려주고 난 뒤, 준은 SNS 계정을 만들어

웹툰을 올리기 시작했다. 경수와의 추억이 담긴 에피소드를 짧은 분량에 담아 한 회씩 게시했다. 일주일에 두 번씩 꾸준히 게시물을 올리자 구독자가 차츰 늘었다. 경수를 모르는 사람들이 와서 댓글을 남기는 경우도 많았는데, 준은 그 댓글을 모두 캡처해 모아두었다. 경수에게 보여줄 거라고 했다.

얼마 전에 올린 에피소드의 제목은 '이끼'였다. 고등학교 친구들과 함께한 여행에서 생태공원에 들렀다. 양팔을 넓게 벌려도 안을 수 없을 정도로 둥치가 큰 나무가 있었고, 가지마다 커다랗게 잎이 돋아 있었다. 나무 아래에는 그만큼 넓은 그늘이 드리웠다. 그늘 속에서 쉬고 있을 때 일행 중 누군가 나무 아래 돌 틈에서 자라난 푸른 이끼를 발견했다. 또 누군가 이끼는 습하고 그늘진 곳에서 자란다던데, 하고 말했다. 경수가 이끼는 아주 오래전 다른 풀과 나무가 존재하기 전부터 있었대, 하고 덧붙였다.

"계속 이어져온 거지. 그래서 이끼가 됐을까? 있기 이전의 이끼라서?"

"이끼를 이어가겠네. 이끼 얘기 잊지 못하겠는데?"

"이끼를 잊기가 있기?"

경수가 진지한 표정으로 말하자 누군가 농담하듯 받아쳤

고, 대화를 듣던 일행 중 누군가 웃음을 터트려 다들 따라 웃었다.

준은 웃지 않았다. 돌들 사이에 앉아서 몸을 숙이고 이끼를 들여다봤다. 손을 뻗어 살살 만졌다가 몸을 굽혀 이끼 가까이 코를 가져다 댔다. 지켜보던 다른 친구들은 너 뭐 하냐며 더 크게 웃기 시작했다. 경수가 준에게 다가가 이끼를 만지고 향을 맡았다.

"이게 이끼 냄새구나, 좋네."

경수의 목소리가 준의 귓가에 울렸다. 이끼 향이 바람에 섞여 준에게 번져오는 것 같았다. 당시 준은 집안 사정으로 학교를 휴학하고 아르바이트하며 학비를 벌고 있었다. 간신히 여유를 내 친구들을 따라나서긴 했지만 여행할 형편도, 기분도 아니었다고. 어둡게 그늘이 진 곳에서 자란다는 말을 듣고 이끼에 유독 마음이 끌렸는데, 경수가 그걸 알았던 것 같다고 준이 말했다. 준은 그때의 일을 웹툰으로 그려서 계정에 올렸다. 평소보다 더 많은 사람의 댓글과 공유가 이어졌다. 경수는 물론 준도 만난 적 없는 사람들이었다.

준이 보내온 일곱 장의 그림에 내가 고맙다고 답장하자 준은 링크를 하나 더 보내줬다. 링크를 열어 보니 어느 카페의 약

도와 내부 사진이 포함된 소개 글이 나왔다. 공방 철거 소식을 들은 지인의 지인이 다음 달부터 한 달에 두 번 카페를 빌려주기로 했다고. 우선 한 달을 쉬면서 자주 안부를 나누다가 다시 만나기로 어제 모임에서 결정되었다고 했다. 이렇게 계속하는 거지, 준이 덧붙였다. 계속할 수 있게 돼 다행이었다. 약도를 다시 봤다. 카페는 그리 멀지 않았다.

그사이 아빠에게도 문자가 와 있었다. 아빠는 이제 경수 이야기를 하지 않는다. 대신 세 끼를 꼬박꼬박 챙겨 먹고 바빠도 짬을 내 나가서 걸으라는 당부를 자주 한다. 볕 좋을 때 나가서 햇빛을 보라고. 밝게 살라고. 최근 통화에서 내가 아빠에게 물었던 것이 지난달에 받은 건강검진 결과였는지, 이사한 집에서의 생활이었는지, 엄마가 돌보던 반려견의 안부였는지 기억나지 않지만 아빠는 괜찮다고 답했다. 정말이냐고 내가 되묻자 아빠는 다 괜찮으니 걱정하지 말라고 했다. 아빠 목소리가 한층 더 무겁게 느껴져 말해버렸다. 그럴 리가.

정말 그럴까, 되뇌면서도 공방에서 보낸 날들을 돌아보고 나니 내가 경수의 구멍을 잠깐 들여다본 것 같았다. 준과 앤을 통해 경수에 대해 조금 알게 되었을 뿐이다. 어쩌면 내가 안다고 할 수 있는 건, 앤의 말처럼 그날의 일이 어느 날 갑자기 생긴 일일 수 없다는 것뿐인지도 모른다. 하지만 경수를 더 가깝게 느끼게 되었다. 가슴 중앙에 자리한 구멍의 둘레를 만져봤다. 이제 우리가 함께했던 공방에는 갈 수 없고 한동안 모임을 쉬겠지만 이 구멍으로 경수와 이미 연결된 것만 같았다.

경수가 그린 밤의 도로 그림을 본 뒤 내 자리로 돌아와 마스킹액을 손에 잡았을 때가 기억났다. 손가락에 갑자기 생겨난 구멍을 받아들일 수 있을 것 같다고 어렴풋하게 느꼈던. 그때 본 경수의 그림 덕분에 덜 두려웠다. 언제부터였을까. 경수의 그림 안에서 어둠 속을 나아가는 빛들이 마치 희미하게 연결된 점선 같다고 생각한 것이. 어둠 속에서 더 선명해지는 게 있다는 걸 알아차리기 시작한 것이. 수채화에서는 얼마나 기다릴 수 있는가 하는 게 중요하다고 말하던 경수의 목소리가 기억 속에서 되돌아왔다.

시간이 된 것 같았다. 테이블 위에 올려둔 스케치북을 봤다. 묽어진 레몬색이 옅게 자리 잡은 바탕을 바라보면서 나는 물통에 붓을 넣었다. 우리가 매달 두 번씩 모여 그림을 그렸던 공방. 2층으로 연결되는 계단을 올라 미닫이문을 열면 조명이 새어 나왔다. 안쪽에는 기다란 테이블이 네 줄로 늘어서 있었다. 사람들은 줄지어 앉아 그림을 그렸다. 창문으로 해가 지는 풍경이 설핏설핏 보이던 장면이 하나둘 머릿속에 펼쳐졌다.

물통 안을 휘저으며 팔레트로 눈을 돌렸다. 하나의 색이 눈길을 끌었다. 짙은 남색으로 스케치북을 가로지르는 세로선을 두 개 그었다. 나의 몸을 만들었다. 그 안에 구멍을 굵게 둘러싼 회백색 둘레를 그렸다. 커다란 구멍 속에 내 기억 속 공방의 풍경을 그려 넣고 싶었다.

붓을 저을 때마다 물결이 일며 물이 섞였다. 이 장면을 잘 말려 구멍 안으로 흘려보내면 경수 곁에 닿을 것 같았다. 자꾸 커지고 자리를 옮기는 구멍이 언젠가 정말 나를 삼켜버릴지도 모르겠지만. 구멍을 통해 또 누군가와 이어질 것이다.

경수에게.

이름을 이어 부르며 천천히 손을 옮겼다. 종이는 이미 마른 채였고 그 위로 색을 쌓아가기 위해 붓에 물을 적셔 물감을 풀었다.

내러티브온 **눈송이 쥐기**
5 소설

ⓒ김영은·박소민·이지혜·조찬희·주이현, 2024

초판 1쇄 발행 2024년 12월 12일

지은이 김영은·박소민·이지혜·조찬희·주이현

펴낸곳 (주)안온북스 펴낸이 서효인·이정미 출판등록 2021년 1월 5일 제2021-000003호
주소 서울시 마포구 월드컵로14길 28 301호 전화 02-6941-1856(7)
홈페이지·웹진 www.anonbooks.net 인스타그램 @anonbooks_publishing
디자인 석윤이 제작 제이오
ISBN 979-11-92638-51-5 04810 979-11-975041-0-5 (세트)